捧 读

触及身心的阅读

长安未知局

古神遗蜕

何殇 著

贵州出版集团

贵州人民出版社

图书在版编目（CIP）数据

长安未知局. 古神遗蜕 / 何殇著. −− 贵阳：贵州
人民出版社，2024.1
ISBN 978−7−221−18145−9

Ⅰ.①长… Ⅱ.①何… Ⅲ.①长篇小说 − 中国 − 当代
Ⅳ.①I247.5

中国国家版本馆CIP数据核字(2024)第021001号

CHANG'AN WEIZHIJU · GUSHEN YITUI

长安未知局·古神遗蜕

何　殇　著

出 版 人	朱文迅
策划编辑	张进步
责任编辑	徐楚韵
装帧设计	莫意闲书装
责任印制	刘洪珍
出版发行	贵州出版集团　　贵州人民出版社
地　　址	贵阳市观山湖区中天会展城会展东路SOHO公寓A座
印　　刷	宝蕾元仁浩（天津）印刷有限公司
版　　次	2024年1月第1版
印　　次	2024年1月第1次印刷
开　　本	880毫米×1230毫米　　1/32
印　　张	7
字　　数	151千字
书　　号	ISBN 978−7−221−18145−9
定　　价	36.80元

目　录

蚂蚁

电视墙

皮裤

泥塑

蚂蚁

在灰尘前不到五米的地方，三只巨大的奇怪生物像人一样站着，挥舞着细长的四肢，朝我走来。当手电光照到它们时，它们的脚步顿了一顿，停在了原地。

1 拆迁拆出了大事

我的朋友张强浩，一个承接小工程的包工头，在一次拆迁中失踪了。和他同时失踪的还有三个人，都是他手下的得力干将。

在他失踪三天后，我才得到消息。现在，张强浩的太太安总就坐在我的对面，给我讲述来龙去脉。她说这件事，要从王见邻说起。

她说的王见邻，我认识，名字听起来像个骗子，却是个正派的商人。他是张强浩的发小，二十世纪七十年代末生人，以前在一家大国企任副总，后来响应混改倡议，主动辞职后，又与地方国企合股，成立了家地产公司，做一些城改项目。

我见过他几次，都是在张强浩的办公室。他温文尔雅，谈吐之间颇有见识，不端架子，交往起来感觉很不错。不过，虽然我和他互留了电话，也加了微信，但除了逢年过节会发信息问候，私下从未来往过。

安总问我："上次聊城改项目的时候，你也在场吧？"

她这么一提，我想起来了。大概半年前，我们在张强浩的办公室喝茶时，王见邻有意提起，市里要加紧老城区改造，他们公司因有国企背景，按照市里领导要求，接了一部分任务。他问张

长安未知局·古神遗蜕

强浩想不想参与。遇到这种好事，谁都不会拒绝，但老张不是一般人，他说这种蛋糕想吃的人太多，自己资金和资质有限，估计都够不上，不过就看有什么要求了。

我记得王见邻当时对老张这番话还颇为赞赏："我就喜欢你这种不贪的性格，不过你说得对，建筑资质要求高，你估计做不了。不过你们公司不是有绿化资质吗，有一些绿化项目，要分块招标，价格比较低，也垫不了多少资，你如果愿意，到时候也来参与投标吧。"

他又说起做城改项目，成天要和城中村的村民打交道，可是下面人不给力，他总是担心发生冲突，造成社会事件，所以很多事都亲自出马。以前在国企机关上班，跟基层群众接触不多，一打交道，才知道现在老百姓权利意识都很强，工作推进不太理想，等等。

至于张强浩后来有没有去投标，做没做工程，我完全不知道。虽然隔三岔五跟他会见面，可是他不提，我也就不会主动问。难道他失踪跟这事儿有关系？

我给安总倒了杯茶，旁敲侧击问："会不会是做工程牵扯到腐败案，被纪委传唤了？如果是这样，你也不用太担心，只要把事说清楚，人自然就出来了。"

"不是！"安总断然否认，"工程还没开始做呢，有啥好腐败的。再说老张的为人，你也清楚，他要是那种送东西的人，公司也不会从半层楼做成了两间房。"

安总既然这么说，那应该就不是。

"他是在工地上失踪的。"安总说着，差点儿就哭了。

我心里咯噔一下，赶紧问："房子塌了？"

安总摇摇头，抹着泪说："真要是事故就简单了，现在生不见人死不见尸，算怎么回事嘛……"说着竟悲从中来，放声痛哭起来。

眼看这话是没法说下去了，我只好把小巩叫进来安慰她。好不容易才让她平静下来。虽然这件事，我还是一头雾水，可安总的情绪不稳定，再问下去估计也没什么用，还是先让小巩开车把她送回家。

等她们离开后，我从手机里翻出王见邻的电话，拨过去。电话是通的，却没人接。挂了电话，又给他微信留言："王总，老张是怎么回事？"

没过一会儿，电话响了，是一个座机号码。

在电话里，王见邻的声音特别沙哑："兄弟，我正在开会，下班后联系你，见个面。"说完，咔嚓一声，电话挂断了。

2 最后一家拆迁户

我和王见邻见面的地方，在高新区一家叫水中天的茶馆，据说是几个设计师开的，环境雅致。在二楼包间里，我见到王见邻时，差点儿认不出他。

前几次见面，他穿着简洁干净，发型一丝不苟。可是眼前的他，就像是刚从西藏穷游回来的驴友，皱巴巴的蓝夹克上沾着泥土，头发油腻，落满灰尘，胡子拉碴，嘴唇脱皮，尤其是眼睛里，满是疲惫和焦灼。

我一进来，他就起身拉住我的手，在他旁边坐下。一脸苦笑看着我说："刚在工地开完现场会，脸都没来得及洗一把，让兄弟笑话了。"

他突然这么热情，我还有点儿不太适应，只好笑着问："老总咋还亲自下工地呢？"

"一言难尽啊！"他长叹一声，"我饿了，咱要点儿东西，边吃边聊吧。"

说着叫来服务员，也不问我吃什么，自顾自点了几个小菜和大碗牛肉面，看来真是饿坏了。等服务员出去，他回过神来，才对我尴笑着说："兄弟，不好意思了，早上只喝了杯豆浆，到现在没吃饭呢。"

等菜和面一上桌，王见邻风卷残云，几口就把一大碗红烧牛肉面灌下了肚，这才长吁一口气，抬头问我："兄弟带烟没？"

我掏出半盒软中华递了过去，他一口气抽了两支才说："兄弟啊，最近真是把你哥我累坏了。"他也算是自来熟，见面两次以后，就主动叫我兄弟。

闲聊几句，我把话题引向了张强浩。

现场一下子沉默了，只能听见王见邻抽烟的声音。过了好一会儿，他才说："是我害了他。"这话来得没头没脑，让本来就压抑的气氛更沉重了几分。

王见邻碾灭烟头，盯着我的脸，表情严肃地说："按道理，这些话我不该给你说，但一则你跟强浩是兄弟，二则我知道你是专门干这个的，三则目前其他人也没办法，所以我把事情给你说清楚，希望兄弟你能有办法。"

我也正色说："王总你放心，强浩是我的老朋友了，但凡有办法，我不会保留。可是，我也要说清楚，如果涉及公检法，我无能为力。"

"跟这些都没干系，你放心吧。"王见邻摆摆手说，"我向你保证，每一句话都是真实的，没有任何隐瞒，哪怕有一些不可思议的东西，我也尽我的能力向你描述，当然这些事情，在你看来也许没什么奇怪的。"

王见邻花了一整顿晚饭的时间，向我讲述了张强浩失踪的全部过程。

"事情要从城改说起，西郊开元路上有块地，被我们公司拿下了，前两年二环改造时，就跟村里谈好了拆迁。手续合规合法，安置房也早就盖好，绝大部分村民也已迁过去了，拆迁工作进行了大半。只有三户村民，嫌补偿低，一直没搬。

"你知道，今年十月份，市里要开各国政要参加的国际高峰论坛，有几十个国家的人要来，省里市里都非常重视。开元路是迎宾车队必经的路线，市里下了死命令，要求在十一之前把危房全部拆除，完成景观和绿化建设。

"这段时间，我就在解决这个问题。你也知道我的公司性质，所以我的身份比较特殊。如果彻底是私企也就简单了，因为有国企参股，政策在那儿放着，那就只能一户一户谈。补偿费也是定死的，不可能提高，但可以适当满足一些要求，比如国企招工，可以适当照顾。其中两家，讨价还价，很快就谈好了，正在搬走，可到了第三家，却出了事。"

王见邻说到这里，脸色发白，眼睛里满是掩饰不住的惶恐。

他拿起烟盒想抽支烟，可点火的手抖个不停，似乎有什么东西让他不安。

"要不要喝点儿酒？"我问。

3 这家人真是戏精

我叫服务员开了一瓶红酒，刚把酒倒上，王见邻就端起杯子灌了一大口。他强挤出一丝笑意说："我有好几年没喝酒了。"

酒精很快起了作用，他苍白的脸上慢慢有了一些血色。

"这家人姓孙，家里十来口人。除了老头老太太，两个儿子、儿媳妇和三个孙子，还有离婚后带着外孙回来的女儿，三代人都住在这里。"

"这家人深居简出，平常跟村里人来往也不多，白天都窝在家里打麻将，晚上才出来。两个儿子前几年还在路口摆夜市烤肉摊，现在村里都搬空了，没了生意，就不摆了。家里没多少收入，只靠着老头的退休金过日子。这种情况，想多要点儿补贴，心情可以理解。"

我点点头，同意他的看法，并在心里为他这种将心比心的想法叫好。

"可是下面人去找了好多次，人家连门都不开，面都见不上。没办法，我只好亲自登门，可还是不让进门。"

"后来呢？"我问。

"好说歹说，门倒是开了，可只有老头一个人出来。这老头也奇怪得很，全身包裹得严严实实不说，还戴着帽子口罩，说是感冒了。我请他到办公室去谈，他不愿意，就在大门外工地上找了个地方坐下来。

"我去就是解决问题的，没说废话，开门见山，问他有什么条件，只要合理合规，尽量解决。老头开始不说话，后来终于开口了。一开口吓了我一跳，他的声音特别刺耳，就像是用刀子在刮铁皮，口齿含混不清，我好不容易才听懂他的话。他说自己也是老工人，不会跟政府讨价还价，只提一个要求，就是让我们等几个月，等到年底，他们一定搬走。"

"哦？"我满心疑惑，"他这么说，肯定是有什么困难吧？"

"啥困难？我看就是拖延时间，问来问去，也说不出理由，留下这么一句，就不说话了。"

"那你们能不能等到年底？"

"不行！"王见邻突然提高声音说，"十一之前必须绿化好，这是任务。"

王见邻接着说："第二天，我又上门去谈，还请来村干部和邻居一起动员，可是这回人家连门都不开了，叫得紧了，院里还传出来哭丧声，说是孙老头过世了。"

"真的吗？"

"怎么会？前一天人还好好的，过一晚上就没了？"

"可是万一真逼出人命，也不是小事。"

"我也这么想，所以带人先回去，请村干部去了解情况。村干部也没进门，可是亲眼看见老头坐在院子里，人好好的。"

我心想，这家人还真是戏精。

"村干部说，他在门口瞧见这一家人，大人小孩都穿着白布长袍，跟唱戏一样。"王见邻无奈地笑了。

听他这么说，我心里不由得一紧。如果孙家只是临时起意，胡乱编个理由拖延，没理由把孝服都准备好，看上去，这事可能没那么简单。

"那老张又是怎么回事？"我忍不住开口问。

王见邻见提到张强浩，因酒意而泛红的脸上，瞬间遮了一层阴霾。

"我心里不痛快，不想在办公室待，就去找强浩喝茶，他见我烦躁，就给我出主意。他说老头子上了年纪，又固执又糊涂，可是两个儿子还年轻，他建议我去找孙家的两个儿子商量，无非是多要点儿钱的事。我说不是我们不找，而是人家根本不露面。他还开玩笑说，那就停水停电，把人逼出来。"

"老张也是为你着急，这么说话，不是他平常的风格。"

王见邻点点头："对，他也就是那么一说，就算他真这么想，我也不能这么干，现在社会矛盾这么复杂，一着不慎，就会拉扯出一堆麻烦事。"

王见邻的脑袋非常清楚，现在的环境跟以前的确不一样了，老百姓维权意识强了不说，自媒体时代，小事情很容易发酵成大事件，谁都不敢轻举妄动。

"可是，事情就这么僵下去也不行，我挨批是小事，不能让领导担责。强浩看我着急，主动揽活儿，他说我这个身份，有些话不好说，不如由他出面，帮我去跟那家人聊聊，没准会有转机。我当时也是着急上火，脑子一热就同意了，现在想起来真不该让他去。"王见邻拍着自己脑袋，看上去非常自责。

"那究竟发生了什么事？"我赶紧问。

虽然我不知道具体发生了什么事，可心里却有一种隐约的不安。这种不安，跟上次的泥塑事件非常相似，而那件事给我留下的阴霾，直到现在都没有消除。

4　过分离奇的失踪案

根据王见邻的讲述，当天晚上，张强浩就去了孙老头家。

为什么要大晚上去？因为张强浩认为，白天人来人往，众目睽睽，没办法坐下来心平气和地聊事情。夜深人静，没有观众，才有助于双方讨价还价。

为防止发生冲突，张强浩还带了几个人，两男一女，男的是助理王强和司机郭斌，女孩是能说会道的项目经理刘娇。晚饭后，四个人带着礼物就去登门。

王见邻一直在办公室，心急如焚等消息。因为好几天没休息，人困马乏，他就想躺在沙发上打个盹。没想到一觉醒来，已经是半夜一点。

他赶紧翻看电话和微信，却没有收到任何消息。他有点儿不开心，就算没有谈成，也不至于连个电话都不打吧？想来想去不放心，也不管已是三更半夜，就给张强浩打电话，可是连拨了好几次，都没人接。

一直到第二天早上，张强浩还是没接电话。王见邻只好联系安总，可是安总说张强浩整晚都没回来。王见邻一下子着急了，让安总马上联系其他人，可让人震惊的是，昨晚跟张强浩一起出去的王强、郭斌和刘娇都失联了。

王见邻觉察到事情不妙，赶紧带人去了孙家。可是孙家大门紧闭，叫了半天门，里面没有一点儿声音。人命关天，顾不了那么多了，王见邻心一横，就让人把门撬开。

锈迹斑斑的铁皮大门倒是毫不费力被撬开了，可是整栋房子却空无一人。不仅没有张强浩等几个，就连孙老头一家也都不见了影踪。

现场没有丝毫打斗痕迹，张强浩带去的礼物也都整齐摆放在院子里。房子上下三层，门窗都没有锁，东西也没有搬动，要说有什么异样，就是整栋房子都很潮湿，散发出一种腌菜的酸臭味儿。

同来的包工头提议，不如趁着房子里没人，叫挖车过来，直接拆倒。王见邻不同意，他强调在人找到之前，不允许轻举妄动。他让人调出工地周围的监控录像，也一无所获。又派人走访了孙家的亲戚故交，还是没有任何消息。

那么一大群人，平白无故消失得无影无踪，简直就像是人间蒸发了。

折腾了整整一天，到下班时分，王见邻决定报警。警察来了以后，看了现场，询问了相关人等，没找到什么有用的信息，毕竟失踪还不到二十四个小时，也没有任何证据表明他们的人身安全受到威胁，所以只是做了登记就离开了。

王见邻看得出，那些警察其实不太相信人真的失踪了。这么离奇的事，如果不是亲历，他自己也不太相信。

可相不相信，人不见了是千真万确的事实。王见邻两天两宿

蚂蚁

没合眼，焦头烂额，可是老虎吃天——都不知道从哪儿开始下嘴。这时候，工地上已经流言四起，有人说这些失踪的人是被开发商送到外地关起来了，有人说是挡人财路被灭口了，还有的人说是被外星人抓走了……反正说什么的都有。已经有上级部门听到消息，打电话来询问，眼看是瞒不住了。他一筹莫展，只好找到安总，对她实话实说。

安总当然也吓坏了，但她不是普通家庭妇女，惊恐之余，想起了我，就对王见邻说，这种事情不是常理可以解释的，须要非常之人才能解决，只能找马龙。王见邻以前也听张强浩说过我是干什么的，虽然半信半疑，但死马当作活马医，同意让安总来找我。

王见邻向我讲完这些事情，已经心力交瘁，感觉一瞬间老了十多岁。

因为只是听他说，没有到过现场，暂时我还无法判断究竟是怎么回事。于是，我向王见邻提出，要亲自去孙家看看。王见邻没有犹豫，直接说："这也是应该的，明天早上你们过来，我让人带你们去。"

"事情紧迫，不等明天了，就今晚吧。我先回去准备一下，等会儿就带人过去，你让你那边的人把门打开就行，但我有几个要求，事先得说清楚。"

"什么？"

"第一，我们进去时，你的人不能跟进来。"

"可以。"

"第二，目前我也不知道会发生什么，但无论有什么状况，我们双方都不能擅自行动，必须通过政府部门，按照程序该怎么做就怎么做。”

“这是当然的，人命关天，也没人敢担责。”

“那好，我现在回去安排，等到工地时再联系你。”

说完，我也没管买单的事，就赶紧离开了。

5　灰尘是一只猫

出门后，我就给刘八斗打电话。他新交了女朋友，每天中午才来上班，下午五六点就走了，没任务的时候，就在家里腻着不出门。

接到我的电话，他气喘吁吁抱怨：“老板，正忙着呢。”可他抱怨归抱怨，做事却一点儿也不含糊，迅速收拾一下，就回公司准备设备。

小巩还在办公室打游戏，我回来的时候，八斗也刚好到了。我一边准备东西，一边简单把事情给他们讲了一遍。

“天啊，十五个人！”八斗惊叫了一声。

的确，失踪的事我们也处理过不少，但一次就失踪十五个，还真没遇到过。

小巩问：“老师有想法了吗？”

我摇摇头：“没有，我又不是神棍，没看过现场，没找到证据，一切都无从判断。”

八斗从仓库里搬出来两个斑驳的老式帆布箱，拍了拍说：“马爷，咱这箱子也该换了吧，看着比我年纪都大。”

"比你大？比我都大。这是第二次世界大战时美军用的，你闻闻，硝烟味儿还没散尽呢。"

这两个皮箱是十年前我在厦门的旧货市场上，从一个老爷子手里高价淘来的。

我们下楼把箱子搬到车上，小巩刚要开车，我突然又想起一件事，赶紧对她说："麻烦你再上去把灰尘带上吧。"

灰尘是一只猫，是两年前我从楼下草丛里捡的，捡来的时候出生没多久。它长得很特别，从头到尾，包括眼球都是深灰色的，就像一粒巨大的灰尘。我带它去宠物医院打疫苗时，医生看见它的眼球，说它应该失明了，可经过检查，却发现它虽然没有瞳孔，但似乎什么都看得见。

医生十分惊异，他对我说："我可以肯定它没有视力，但这只猫不普通，感觉非常灵敏，甚至不需要用眼睛看，就可以探知到身边的东西。"

养了两年下来，公司所有人都知道了灰尘的神奇，对它好得不得了，终于把它喂成了一个大肉球。小巩把它从楼上抱下来，竟然累得气喘吁吁。

按照王见邻给我的地址，我跟着导航来到位于西郊开元路的改造区。这里以前都是老厂区和城中村，如今老建筑已基本拆除了，新住宅和商业写字楼拔地而起。在一片高楼之间，有一大片新拆迁的工地，影影绰绰立着几栋矮楼，都是村民自建的房子。

我跟王见邻通完电话，没一会儿，不知道从哪里开来一辆小汽车，车上下来一个胖子，光头被车灯照得锃亮，快步朝我们的车走过来。

"您是马龙老师吧？"胖子满脸堆笑。

"对，是我，你是米主任？"王见邻说一个叫米主任的人来接我。

"不敢，叫我小米就行。"胖子一边给我递烟一边说，"王总让我来给你们带路，是现在过去，还是先到我们的指挥部喝一会儿茶？"

"直接过去吧。"我接过烟递给小巩。我们三个里面只有小巩这个女孩抽烟。

"好，那我在前面带路，你们跟着我的车。"

两辆车一前一后，沿着坎坷不平的便道进入拆迁工地，驶向几栋黑漆漆的建筑物。米主任把车停到其中一栋门口。我们都下了车。

米主任说："马老师，这就是老孙家，因为前两天发生的事，我们临时用铁丝拉了个隔离带，你们进去的时候注意点儿，别被绊着。"

"谢谢您，里面有电吗？"

"有，水电都通，王总不让我们断。"米主任想了想又说，"马老师，王总说不让我们跟您进去，但我想您还是把我的电话记好，万一需要帮忙就打电话，我马上带人过来，工地上睡着好几十号人呢。"

留好电话后，米主任开车走了。

"小米，哈哈哈……"八斗忍不住大笑，"他明明就是一个面包。"

我们把箱子从车上搬下来，小巩抱着灰尘，绕过铁丝网朝大门走去。铁大门虚掩着，八斗一把就推开了，三个人径直走进了院子，并且顺利找到了院灯开关，灯光一亮，我们三个同时发出了赞叹。

真是个漂亮的院子，青砖墁地，白墙绿植，干净整齐，没有堆放一丁点儿杂物。院子里有一个小木亭子，亭子中间的石头桌面上放着两瓶西凤酒、一条芙蓉王、一箱特仑苏牛奶，还有两盒红星软香酥。看起来就是张强浩带来的东西。

房子有三层，坐北朝南，外墙上贴着常见的白瓷砖，楼梯在室外，每层都是一套独立的房子。看上去老两口应该住在底层，上面两层，两个儿子各住一层。

八斗说："看这院子的装点，这家人可不普通。"

"干活儿吧。"我说。

八斗打开箱子，从里面取出红外线热像仪、超声波探测器、离子成像仪、径迹探测器、梅丽莎-8704灵魂探测仪……难怪箱子重，这家伙把能带的家当全都带来了。

八斗调试安装设备，而小巩则拿出了五颜六色的各种试剂喷壶，分别朝院子的不同位置喷洒，有些洒地，有些涂墙，有些喷在空气中。

这些试剂都是我们自己调配的，不过原料在网上都能买到，很便宜，至于各自起了什么作用，说起来原理特别复杂，但简单来说，就是可以找到不同形态的生命体，让它们无所遁形。

"咦，灰尘呢？"小巩突然问。

6　被寄生的虫尸

我前后左右瞅了一圈，那只平常一动都懒得动的大肥猫，转眼间竟然不见了影子。

"先不管它。"我看小巩喷得差不多了，回头问八斗，"线接好了吗？"

"OK！"他伸手做了个习惯性的手势。

我从随身包里取出工作服，看着像一件银色雨衣，画满了奇形怪状的符号。可是除了防雨之外，它还可以防酸碱腐蚀、防灼热、防辐射、防侵袭、防沾染、防附体……总之常见的伤害，穿上它基本可以避免。可是它并非祖上传下来的金缕玉衣、八卦龙袍，而是我花大价钱专门定制的高科技玩意儿。

做好必要防护，小巩在门口守着监视器，我和八斗全副武装进了房间。也许是院子的好印象让我放松了神经，当我进门后，刚打开灯，眼前的景象竟然让我的心脏猛然颤动了几下。

这是一个并排三间的套房，我们位于正中的房间，左右各有一个门洞。房间里摆设非常普通，沙发、茶几、柜子，不算崭新但却绝对称不上旧，却有一种荒废已久的感觉，整个房间晦暗、冰冷、阴湿，尤其是一股扑面而来的味道，简直让人恶心欲吐。不只是酸味儿，还有腥和臭，给我的感觉就像是钻进了一张食腐动物的大嘴里。

"这是什么味道？"八斗捂着嘴叫起来，"南山农场地窖里的腐尸，都要比这个好闻。"

明明感觉不怎么对劲，可是挂在身上的那些精密仪器却毫无动静。

这时，耳机里传来小巩的声音："温度 12 摄氏度，相对湿度 92%，空气成分复杂，有不知名真菌漂浮物，建议戴防护面罩。"

"12 度？"

刚才我明显感觉到房间的温度比外面要低得多，却没想到只有 12 度，这可是长安热死人的夏天啊。

不过冷不致命，细菌真能要人命，我们乖乖听话，赶紧把面罩戴上。干我们这一行，最优秀的品质就是理性，相信科学，不逞能、不冒进，只有这样才能活得久。

我们用仪器把房间扫描了一遍，却一无所获，连一枚完整的指纹和脚印都没找到，这实在是太反常了。我们俩每人进了一个房间，我进的是左边的房间，这应该是老两口的卧室，没有床，用砖头盘了半个房间大的一面火炕。

火炕在东北和内蒙古等寒冷地区常见，可是在关中地区却比较少见，更奇怪的是，炕上竟然铺了一块绿油油的漆布。

漆布如今已不多见，但在二十世纪七八十年代很流行，也算一种民间工艺品，油漆涂底色，抹上桐油，打磨后用油漆绘制上各种图案，铺在炕上，兼具实用和装饰功能。可是由于容易引发火灾，后来逐渐被淘汰了，如今已很难见到，此时见了，不由得多看几眼。

漆布的图案倒是没什么新奇，但用心看，能看出漆布上落了一层细细的尘土，我细细扫描了一遍，也没有什么异常。

这时候，我听见隔壁有滴滴的声响，是八斗身上的径迹探测器在响，我赶紧走过去，想看看有什么发现。根据扫描成像显示，右边屋子的墙壁上有蛇虫类生物爬行过的痕迹，现场取样做成分析，结果是某种蜂蚁类昆虫在爬行时留下的费洛蒙。

可是根据探测器描摹出的尺寸，这只虫子，至少有一条成年狼犬那么大。

屋子里灯光昏暗，八斗打亮手电筒，想仔细看看墙上的印记，可是手电光一扫，他的眼球却被吸引到了天花板，同时脸上露出惊讶的表情。

"老马，你快看那儿！"

我抬头朝上一看，也吃了一惊。屋顶竟然是由透明的大块玻璃拼接而成，强光手电的光线直直穿透上去，照到了最顶层。不只一楼是透明房顶，二楼同样也是透明的，站在底层，一抬头就看到了顶层的天花板。

我俩几乎不约而同，快步回到正中的房间，果然屋顶也是透明的。更怪异的是，位于最高处的房顶，居然建成半圆弧形，像教堂的穹顶，只不过小得多。

上面画着一些不规则的古怪图案，看上去不是人画的，反而像是蛇虫爬出来的。正中间被围起来的，是一个无法准确形容的符号，像一簇随风摇摆的火焰，像一朵绽放三瓣的荷花，又像一只长了三个指头的手，只是在手心位置，有一只眼睛，在手电的照耀下，反射着诡异的光，让这栋三层小楼顿时有了一种教堂般的氛围。

"那是什么？"八斗的手电光照向穹顶的边缘，看上去有什么东西在爬动。

"小巩，看见了吗？"我问。

"没有生命特征，看上去是一具虫尸……不，应该是躯壳。"

明明我们亲眼看这东西在爬动，仪器却显示是死物。还没容我多想，小巩又说："不对，是吞噬蛇虫草菌，尸体被寄生了。"

7 房子里的寺庙

吞噬蛇虫草菌是一种古老的菌种，这种可怕的真菌是比恐龙更古老的存在，寄生于生物体后，会急速繁殖，并释放出一种改变和控制生物的化学元素，让寄主受其驱使。

就算寄主死亡，尸体也不会被放过，虫草菌会吞噬掉尸体上滋生的其他细菌，让尸体长时间不会腐败，以供它们继续驱使。科学家曾在恐龙化石里，发现过它们存在的印记——说得直观一点儿，就是在骨头里长草。

同类型虫草菌，我见过不少，但只有一次是寄生在了大动物身上。我的朋友孟晨亮养了三年的柯基犬，身上忽然开始掉毛，掉光后就开始长草……当然其中还有些其他原因，不过罪魁祸首就是虫草菌。

"能看出来寄主是什么吗？"

"像是一只公牛蚁，不过还要更大，有153毫米长。"

"不是公牛蚁，公牛蚁没这么大。"我思索片刻，"难道是夸娥蚁？"

"大力神？不会吧，不是早就灭绝了吗？"八斗对我的判断提出了质疑。

夸娥蚁是一种罕见的巨型蚂蚁，上古典籍记载，最大的夸娥可以长到二尺七八。这种蚂蚁力量非凡，可以举起一根两人合围的大木材，被古人尊称为大力之神。

我只在山西古生物博物馆见过这种蚂蚁的半具残骸，虽然只是半具，也有 30 多厘米，乌黑的外壳比骨头还坚硬，就像用黑曜石雕出来的。不过，自东汉以后，就再没有人见过活的夸娥蚁。所以普遍的认识是，夸娥蚁已经灭绝了。

"没人见过，并不等于灭绝。"我对这种说法不以为然。

《淮南子》里有记录，夸娥蚁死后，尸体由其同类分而食之，活的寻不见，尸骸也找不到，宣布灭绝也不算错。就像法律规定，公民下落不明满四年，就可以宣告死亡，宣告死亡并不等于人真的死了。

"那也无法证明就是夸娥蚁。"八斗还是不相信这种存在于传说中的远古蚂蚁会出现在自己面前。

我笑了笑没说话，但警戒心又提高了几分，连吞噬蛇虫草菌和夸娥蚁都出现了，这个地方果然没有看上去那么简单。

扫描完一楼，我们上到二楼。房子格局和一楼是一样的，我原本以为可以通过透明的地板看到一楼，可出乎意料的是，这个地板竟然是单向透光，只能从下面看上来，却无法从上面看下去。而这里的味道比一楼更为浓烈，透过护目镜，空气里似乎有黏稠而肮脏的东西在流动，身处其中，就像钻进了下水道，让人非常不舒服。

"老马，快过来。"八斗在另一个房间里叫我。

房间里晦暗不明，没有电灯，只有两盏小油灯发着绿幽幽的光，八斗正站在油灯前端详着什么。我赶紧走过去。

油灯放在一张老榆木桌子上，桌子约两米见方，就算没见过世面的人，也一眼就能看出这是个祭桌。祭桌正中，供着两尊精美的石雕，都是一尺高低，非佛非道，人身兽脸，却没有眼睛，圆圆的脑袋，头上顶着长角，獠牙外翻，耳挂毒蛇，一尊踩水，一尊踏火，背后生翼，展翅欲飞，栩栩如生。再细看，它们似乎都生了六肢，中间的两肢与翅膀长在一起。虽然没有眼睛，却总觉得"目光炯炯"，盯着桌前的我们。

"马大师，你见多识广，能看出这是哪路神仙不？感觉瘆人得很。"

"不认识，"我实话实说，"不过肯定不是常见的佛道正神。"

"那就是邪神呗。"

"正邪都是相对的，对基督徒来说，观音菩萨都是邪神，我们是来解决问题的，判断正邪没什么意义。"

见的东西多了，就不敢轻易下判断，更不敢根据形象和表象轻易下判断。

桌上的摆设，除了石像之外，其他都跟寺庙道观差不多，无非是些香炉烛火。不过旁边有一沓装订起来的黄麻老宣纸吸引了我的注意。

这种纸我在甘南一个专门做手工宣纸的村里见过，纸张又厚又重，最大的尺寸只是斗方，不宜书写，却适合印制版画，产量很低，只有一些有特殊需求的艺术家定制。没想到在这里会有。

这是一本薄薄的画册，我拿起只看了第一页，就有扔下的冲动。粗糙的黄麻宣纸上，一只生着甲壳的虫形怪物，正在剥自己的皮，腹部被铁钩一样的爪子撕开，无数个让人厌恶的大头小怪物龇牙咧嘴地要钻出来。整幅画虽然只有黑红两色，却感觉污秽不堪，我强忍着扔掉的冲动，赶紧把它翻过去。

第二页，是一个肚子硕大的蟾蜍形怪物，背上长满奇形怪状的疙瘩，每个疙瘩上都生着一只眼睛，眼光极其邪恶而逼真，眼球似乎还在骨碌碌地转动。在它的脚下，跪着刚才第一页里的甲虫怪物，正在舔舐它生满鳞片的脚趾。

而在第三页，蟾蜍形怪物又被一头浑身无毛的大猿猴骑在胯下，猿猴的背上生了两对畸形的小肉翅，小到与它的身材极不相称，显得甚为诡异。

第四页画风忽变，前面三页的怪物，从大到小，依次伏身在一棵大树下。树干虬结，像一条条大蟒蛇纠缠在一起，树干中部有一个漆黑的树洞，里面似乎有什么让那三个怪物都恐惧的东西蠢蠢欲动要冲出来。

第四页的大树在第五页上，却成了椭圆形山顶上一棵孤零零的小树苗，它的根部深扎在山体里，密密麻麻，盘根错节，体积比树冠大十多倍。

第六页一片乌黑，只在正中间有一个椭圆形的白蛋，蛋上隐隐有些诡异的花纹符号在闪烁，认真看，却什么都看不清楚。

第七页似乎是一个庞杂的迷宫，像城市里四通八达的管网。一些小小的人形生物，用六条腿在通道里爬行，不过它们的朝向是一致的，都要前往同一个地方。迷宫一直向外延伸，直到纸张的边缘依然没有穷尽。

第八页，也是画册的最后一页，好像没有完成。上面只有几道涂抹过的黑印子，而且宣纸应该是被老鼠或者什么虫子啃掉了一小块。在被啃破的位置正上方，有一个用铅笔写得歪歪扭扭的"土"字。也可能不是土，只是其他部分恰好被啃掉了。

再翻过去，才发现后面应该还有一些，只不过被撕掉了，装订位置还有残留的纸屑。

虽然画册只有八页，可看完之后，我竟然浑身一阵乏力。定了定神，我把画册卷起来，递给八斗，叮嘱他说："装起来，拿回去封存，不要给别人看了。"

八斗估计很少见我这样慎重，一句话没说就接过画册，装进小包里收起来。

"还上去吗？"他指着屋顶问。

我还没来得及回答，突然听见小巩在喊叫："灰尘，快回来，你去哪儿？马老师，你们快下来，灰尘发现东西了。"

8 发现地下洞穴

我和八斗急匆匆跑下楼，却没看见小巩。

不过，耳机里很快传来了小巩的声音："马老师，亭子，亭子……"这时我才注意到，张强浩带来的那些烟酒点心，被撒在地上，亭子里那个石桌桌面被扔在旁边。走近才看见，桌子下面竟然是一个黑漆漆的洞口。

八斗拿手电朝洞里照，发现有个土台阶，大声喊了一声"小巩"，很快听见她应答："我在下面呢，很安全，你们快下来。"

因为洞口不大，我们就把身上带的设备都拆卸下来，一前一后，打着手电，沿着台阶向下走。下了有五六米，就到底了。

小巩打着手电走过来，兴奋地说："马老师，灰尘太牛了，我们那么厉害的仪器都没检视出这下面的地道，它看见个孔就钻进去，我这才发现桌子下面有洞。"

我用手电筒把前后左右照了一遍，我们站着的地方，是一个十几平方米大小的洞穴，看墙壁的湿度，挖好有一段时间了。洞穴三面都有通道，不到一人高，里面黑漆漆的，强光手电都照不到头，不知道通向哪里。

"要不要叫小米来？"八斗笑着问，"让他多带些人来找。"

我赶紧制止说："不要了，我可不想再把更多无辜的人埋在这儿。"

"那我们怎么找？每人一条通道吗？"

小巩和八斗跟了我好几年，都可以独当一面，能力没任何问题，只是年纪小，缺一些经验。不过这些年怪事儿见多了，胆子越来越肥，在这种地方，竟然主动提出要分开。

可我还是拒绝了他的提议，虽然我已隐约知道是怎么回事，就算真分开去找，也应该不会出什么事。可是不怕一万就怕万一，毕竟人类只是这个世界上其中一个物种，自以为是高级的存在罢了，没想象中那么强大。

我笑着说："不用那么麻烦，咱们有帮手。"

"谁？"

话音刚落，在我们左手边的通道里，就传来了一声熟悉的猫叫。小巩大叫一声"灰尘"就钻了过去，我和八斗紧跟在后面。通道高度只有一米二三的样子，我们几个都得猫着腰钻。

幸亏只钻了一百多米灰尘就停了下来，对着一堵土墙喵喵直叫。我们几个用手电筒照了半天，啥都没有发现，直后悔没把仪器带下来。

八斗对着灰尘说："你瞎叫个啥，让我们当土行孙吗？"

说着，八斗就朝土墙踹了一脚。"哎呀——"只听他大叫一声，紧接着摔倒在地，半条腿竟然踹到墙里面去了。没想到土墙后面居然是空的。

看见墙被自己踹开了口，八斗兴奋得从地上跳起来，又对着墙壁猛踹几脚，泥土垒起来的土墙全都坍塌了，露出一个漆黑的大洞。

我们仨几乎同时拿手电筒往里面照，又同时震惊到瞠目结舌，面面相觑，半天说不出话来。

洞穴深处，摆放着百十个巨大的白蛋，每一个蛋，看上去都有寻常人家常见的米缸那么大。

"哎呀，异形啊——"八斗又一惊一乍。

"别说话！"恍然间，我仿佛听到了什么声响，马上阻止八斗叫喊。

那是一种浓重的呼吸声，不对，更准确地说，应该是打呼噜的声响。

我让八斗和小巩站在原地不动，自己缓缓朝着发声处挪过去。离得越近，声音越响，动静之大，就像在我前面不远处沉睡着一头大怪兽。

9　身高一米五的蚂蚁

很快，我就松了口气，原来并没有什么怪兽，只是在摆放大蛋的洞穴里，还套着一个小洞，四个人形的蚕茧整齐地放在地上，缠绕着密密麻麻的白丝。其中一个身材粗壮的茧，起伏不停，而声音正是它发出来的。

"八斗，把刀拿来。"我恍然大悟。

当我用锋利的大马士革钢刀割开那个打呼噜的蚕茧后，一直倒悬的心瞬间落了地。那是一张熟悉的脸，在手电筒光的照耀下，张强浩面色红润，半张着嘴，放肆地打着呼噜，就像熟睡在自己宽大松软的床上。

八斗和小巩把其他三个茧都割开，不出所料，正是王强、郭斌和刘娇。三个人和老张一样，正在呼呼大睡。我们照着手电筒，上上下下检查了一遍，四个人身上都没受外伤。

我们费了半天劲儿，才把四个人从通道里背出来，背到亭子下面的土洞里，我让八斗先上去，我和小巩把人一个个通过台阶抬到洞口，再由八斗把人拖出去。虽然这么大动作，可是四个人都没醒来，而张强浩的呼噜声也没有停过片刻。

等把人送上去，小巩也爬了出去。我才突然想起那只大肥猫，今天的功臣灰尘，竟然没有跟过来。我让他俩先收拾东西，我自己重新下去找灰尘。

沿着刚才的通道钻进去，钻了有百十米，看见灰尘正在刚才八斗踹开的洞口站着。

"灰尘——"我大叫了一声。

它就跟没听见一样，尾巴朝向我，背部拱起，紧盯着通道的更深处。突然，它大叫一声，朝黑暗中跑去，我也赶紧打着手电筒追了上去。

不知道跑了多久，通道越来越深，弯弯曲曲，错综复杂，却始终保持着同样的高度和宽度。越跑下去，我心里疑惑越深，这项巨型工程，绝非人力所能做到，更不可能是孙老头一家人所能完成的，那么这些通道和洞穴究竟是谁挖的？孙老头一家究竟去了哪里？

终于，灰尘停住了，它端坐在地上，像一头老虎，眼睛死死盯着黑暗中。我气喘吁吁地停下来，刚想上去抱它，却听到一种刺啦刺啦的声响，像是一只大鸟在抖动翅膀。

我长长吸了两口气，让身体平静下来，缓缓把手电光朝着声音的来源照过去。即使在他人心目中我也算见多识广，即便我见过形形色色奇怪的事物，可是突然出现在眼前的一切，还是让我下意识向后倒退几步，差点儿一屁股撞在土墙上。

在灰尘前不到五米的地方，三只巨大的奇怪生物，像人一样站着，挥舞着细长的四肢，朝我走来。当手电光照到它们时，它们的脚步顿了一顿，停在了原地。那刺啦刺啦的声音，正是从它们不住蠕动咀嚼的嘴里发出的。

如此"对峙"了有一分钟，我定了定神，看它们似乎没有扑过来的样子，全身绷紧的神经才略微放松下来。我从随身小包里掏出一个小叶紫檀木瘤哨子，噙在嘴上，一长两短地轻轻吹了三声。对面的三只生物，听见声音，头上的触角动了几下，互相对视了一眼。中间的那一只往前走了一步，用细小的下肢摇摇晃晃地跳起了舞。而另外两只，缓缓向后，退缩到黑暗里。

一小段并不优雅的舞蹈结束之后，它细小的下肢再也支撑不住庞大的身体，顺势趴在地上。我无法用语言明确说出舞蹈的含义，但我能感知到它并没有敌意，而是在征询我的来意。

现在我看清楚了，这是一种身长约一米五的蚁类生物，浑身乌黑，却反射着变幻莫测的光，我不敢肯定这是否就是夸娥蚁，但它们和古籍上描绘的夸娥蚁有些不同，上肢看起来不够强壮，头部浑圆，而夸娥蚁的头是并不饱满的碟状。

我再次吹响木瘤哨子，尽可能把我想知道的信息传递过去，但我自己很清楚，异类生物之间的交流并不像人与人那么通畅，无论声音还是动作，都只是试探罢了。

可是出乎我的意料，那只"蚂蚁"似乎听懂了我的意思，它转身朝向身后，发出一种嘶嘶的声音，似乎跟谁在交流着什么。没过一会儿，它转向我，又站立起来，伸出细长的上肢，冲我招了招手，然后自己转身，摇摇晃晃地朝通道深处走去。

10　蜕变的老孙头

我虽然看懂了它的意思，应该是让我跟它走，但心里还是很惶恐，不知道该不该迈出步子。可是下一刻，我就看见灰尘站起来，摇了摇尾巴，跟着它走了。我心一横，也只好猫着腰，伸出脚，忐忑不安地跟过去。

一路上，我遇到了无数大大小小的蚂蚁，它们看见我，似乎十分惊异，有些猫狗大小的小蚂蚁还爬过来，用触角在我的身上试探。

刚开始我还有点儿害怕，到后来我似乎也把自己当成了一只蚂蚁，伸出手主动跟它们碰触。而那只肥猫，大摇大摆，完全就像在自己家里一样自如。猫也是黑暗之子，我只能这么解释。

走了大概有半个小时，那只带路的蚂蚁一转身，拐进了一个洞穴，灰尘紧随其后，我在洞口做了个小记号，也钻了进去。

这里看起来像一个小型音乐厅，四周像梯田一样层层叠叠。只一晃神，带路的蚂蚁就不见了踪影。灰尘过来趴在我脚下，喵喵叫了两声，就像是在安慰我。

我试了试通信器，没有信号，也不知道八斗和小巩在干什么，可千万不要为了找我，迷失在这个庞大的地下迷宫里。这时我才突然想到，宣纸图册第七页上的迷宫，描绘的应该就是这里。

我正不知道该干什么的时候，黑暗中突然传来一连串苍老的咳嗽声。

"谁？"我大喝一声，用手电筒照过去，却像照进一个黑洞，就连光线都被吞没了。

"马老师……"声音从我的身后传来。

我猛一回头，看见一个白色的佝偻人影。

"你是谁？怎么会知道我？"

我本想用手电筒照清那人的脸，可是却看到一个"包裹"。没错，那人身着白色斗篷，头和脸都严严实实地裹在里面。

那人发出一阵像枯枝折断的干笑声，随即又是一阵咳嗽。

"你是我家的客人，我怎么会不知道。"他的口齿含糊，似乎嘴里在咀嚼食物。

"你家?"我心里一惊,"你是老孙?"

那人没有回答,头缓缓抬起来,一双眼睛透过斗篷的缝隙看着我。

"我们一家都躲到地下来了,你们还不放过吗?"他长叹一声,"我都说了,我们年底就搬走,人活一辈子长着呢,怎么连几个月时间都等不得。"

我虽然没见过老孙,但此刻我已经认定他就是失踪的老孙。我本来有很多话想问他,可是此刻却不知从何说起。

"不过事到如今,早几天晚几天也不打紧了。"他猛然抬头说,"马先生,我知道你不是普通人,事情搞成这样,跟你也没多大关系,不过,既然你来了,我真心请求你件事。"

"您说。"

"前两天来的那几位小朋友,都是好人,我只是让他们睡了一觉,毫发无损。我只求你回去之后,不要把这下面的事说出去,大家各自安好,行不?"

"那你们呢?"

"唉——天地玄黄,宇宙洪荒,日月盈昃,辰宿列张,世间万物,各有归宿,人不一定非得当人,换一种活法,未尝不可,你说呢,马老师?"

"可是……"话到嘴边,我突然卡壳了。

"呵呵,"老孙又干笑了一声,"我今年七十三了,到了阎王招呼的年龄,本想着能安稳过个晚年,可是好好的家非得让我拆了搬走……好在天无绝人之路啊,既然地上不让我住,那我住地下，总不犯王法吧？”

他说得激动，手一挥，打开了斗篷。这哪里还是个人啊，除了两条腿之外，整个身体几乎是一只巨大的蚂蚁，因为还没有完全畸变，看上去甚至比蚂蚁还要可怕。

老孙发现自己身体已经暴露，干脆也不再遮掩，一把扯掉斗篷。那幅惊怖的景象，即便是有心理准备的我，也还是生生吓出了一身冷汗，赶紧把手电光挪开，不敢再看。

老孙缓缓捡起斗篷，重新裹在身上。

“其实再过三个月，我就能彻底甩掉人的躯壳，到时候一家人会静悄悄地，不惊动任何人地离开。可是老天不肯遂人愿啊，非得把这么多人牵扯进来。”

“做人就这么没意思吗？”我忍不住追问。

“有意思，当然还是有些意思，可如果还有更有意思的，难道就不值得经历？”

老孙一边说，一边蹒跚地向我走过这件私密的事。

“马老师，活着，不就是一种经历吗？你看地下世界这么广阔，同样也有万千生命，难道你就不想体验一回？”

我苦笑着摇摇头，不知道该如何回答。

临走之前，我问了老孙一个问题：“会后悔吗？”

“不会！”老孙的回答斩钉截铁，“城里每年那么多失踪者，被法律宣告的死亡者，他们最终来到地下世界，并非都是走投无路者，反而绝大多数，都是做了义无反顾的选择。不为人，也是一种信仰，你能懂吗？”

直到走出地道，再次看见灯火辉煌的城市，我才喃喃自道：

"我懂。"

既然心甘情愿进入地下是一种信仰，那么，锲而不舍地回到地上，艰苦而顽强地做人，当然也是信仰。我抚摸着怀里的灰尘，它柔软而温暖，打着长长的呼噜。

这时，通信器里传来八斗的声音："老马，你咋跑钟楼去了？"

11　被封禁的秘密

第二天早上，张强浩从医院病床上醒来之后，竟然大叫起来："马龙？我这是做梦呢，还是梦游到医院来了？"

医生给他们四个都做了全面检查，身体所有机能全都正常。他们除了肚子饿坏了，再没有任何不适，只在医院躺了半天就出院了。

我请张强浩吃葫芦头泡馍时，问他发生了什么事，他竟然说："没发生什么啊。"

据他说，那天晚上他们到了老孙家后，还没来得及说什么，只是每人喝了一口孙老头女儿端来的茶，就什么都不知道了，等再醒来就在医院了。

我看出张强浩有什么瞒着我，不过还是那个原则，只要他不说，我就不问。

他似乎不愿意把更多的经历分享给我，不知道是忌讳，还是在遵守承诺。不过，只要他活着，就是件值得高兴的事，我一个痛风患者，破天荒地招呼服务员开了瓶啤酒。

回到公司后，我以最简略的方式把我如何找到张强浩讲给王见邻听，他这样聪明绝顶的人，自然知道不需要问更多，只问了一句："可以报警吗？"

我说："当然可以。"

临走之前，他当面让人转了一笔钱给我，让我给他开发票，项目是品牌营销策划。

两天后，我又接到他的电话。他说："房子推倒了，你不过来看看吗？"

我笑着问："那有啥好看的？"

他也笑了。过了一会儿，他又压低声音说："公安昨天来人下去看了，里面全是岔道，不知道通了多远。我刚才让人往里面灌了几车混凝土，彻底封死了。"

"封了好！"我挂了电话。

八斗进来问："那两尊神像怎么处理？"

"一个石雕工艺品而已，随便在架子上找个地方放着就行。"我说。

"那只夸娥蚁呢？不能也摆起来吧？"

"你让小巩找个瓶子拿药水泡着，啥时候把虫草菌泡死了，再摆出来。那可是好东西……"

八斗迅速打断了我："下午请个假，女朋友今天休假在家。"

"好吧，明天早点儿来，我们还要去一趟宝鸡。"

"嗯……马老师，那家人……"

"生命最终都要走向适合自己的世界。"我严肃地回答他。

他撇了撇嘴出去了，似乎对我的回答很不以为意。

正午暴烈的阳光，从南边的窗口照射进来，刚好照在桌角那本画册上。我忽然想起了什么，赶紧把画册打开，却发现上面的版画，在阳光的照射下，正以肉眼可见的速度缓缓变淡，渐渐消失了。

电视墙

　　听到这个问题，金子脸色突变，浑身打了个激灵，
原本波澜不惊的眼睛里瞬间充满了恐惧，仿佛看到了
无比可怖的事物。

1　有人找梁道长

　　我和瑶池宫的梁兴扬道长算是老相识，他年纪不大，见识却不少。好几次，我都专程开车到他的观里，向他讨教一些传统道教方面的问题。

　　前天下午，我回家取东西的时候，远远看见他站在小区门口。他穿着便装，长发在脑后扎成马尾，一个矮胖的中年男人跟他站在一起，正向他说着什么，看上去非常急切。而道长眉头紧锁，一言不发，像是遇到什么难事，以致我走到他面前，他都没有注意到。

　　"梁兄，怎么有空下山？"

　　直到我出声朝他打招呼，他才看见我，十分惊讶地说："马龙兄，你怎么在这里？"

　　"这话应该我问你吧？"我说，"我家就住在这里。"

　　那个男人看见我，就不说话了，从他脸上的表情可以看出，他对我的出现不是太高兴。

　　既然如此，我也只好匆匆聊了两句，就识趣地向道长告辞，并约他抽空到我办公室来喝茶。可刚走出几步，就听见道长叫我："马龙兄，请等一下。"

我只好又转回来，问他有什么事。

道长犹豫片刻，问我："你现在有空吗？想跟你聊点事儿。"

看他的样子，应该是真有事。我就实话实说，需要回家取个东西，一会儿要去办公室。

他说："我在这儿等你，跟你一起去办公室。"道长跟我说话时，那个男人似乎着急想插话，却被道长拦住了。

我家离办公室不到三公里的路程，平常上下班我都是步行，有急事的时候才会骑共享单车。等我回家拿了东西，再出来时，看见道长坐在一辆蓝色奔驰车后座里，冲我招手。

车是那个矮胖子的，道长应该是跟他说了什么，我上车以后，他换成了一副与起先完全不同的表情，有点儿谄媚地问我办公室地址。他笑得很不自然，一看就是硬挤出来的。

我大致估摸，肯定是这人遇上事儿了，请道长来解决。可是看道长模样，这事儿估计不太好办。

果然，到办公室之后，坐下刚把茶泡好，我只说了一句"说说吧"，刚才还努着笑脸的男人，就像被按了开关一样，突然放声痛哭起来。他的哭声如破锣哑镲，十分刺耳，把坐在办公室外面的八斗都惊动了，八斗急匆匆地跑进来，想看发生了什么。

我也被这个男人搞蒙了，赶紧转头求助道长，可是这家伙竟然闭上眼睛开始打坐，装起了深沉。

"贼——"我心里暗骂一句。

幸亏八斗眼活，不忍见老板困窘，主动给我解围。

他借着年轻的冲劲儿，走到男人旁边，拍了拍他的肩膀说："嗨，哥们儿，有事儿说事儿，别跟哭丧一样，外面有女孩子，别把人吓着。"

他的话当即见效，男人的哭泣应声而止。他抬起头，瞪着通红的眼睛，冲着八斗吼道："小屁孩懂个锤子，你要是遇上我这事儿，想哭连坟头都找不着。"

八斗也不生气，笑着说："这就不劳你操心了，只要你不号丧就行。"

男人不理八斗，抹了把脸对我说："马老师，让您见笑了，我这是心急难受啊！"

我给他斟了杯茶，安慰他说："没关系，人一辈子，谁还不遇上点事儿，没有过不去的坎儿，只要家人平安……"

我这鸡汤才开始灌，就被打翻在地。

他急吼吼地打断我的话，大声喊道："我就是家人不平安啊！"

2　痴迷电视的孩子

男人叫白利泉，延安人，四十四岁。自幼家贫，念书到初中毕业，就出门打工。他从饭店洗碗工做起，奋斗了二十多年，到如今也算事业有成，在长安城里开了四家连锁羊肉馆，每年收入颇丰。

因一直忙于事业，他直到三十七岁才结婚。老婆生了个儿子，小名金子，今年六岁，聪明可爱，活泼好动。除了老婆身体不好，不能再生育，略有遗憾外，家里也可算是幸福圆满。

眼看金子到了上学的年纪，为了不让儿子输在起跑线上，白利泉考察了本城所有学校，看中了我们小区旁的市重点小学。他又找中介在旁边买了一套房子，虽说是二手房，但有上学指标，离学校步行也就十分钟路程，所以只看了一回，就毫不犹豫地买下了。

过户手续办妥之后，马上就请人装修。又过了半年，也就是在三个月前，全家正式搬了进来。没想到乔迁大喜后不久，就出了事。

因白利泉夫妇忙于生意，搬到新家后，还没来得及办进幼儿园的手续，所以孩子一直都在家里待着，由保姆看护。新房子住了半个月后，保姆发现孩子有些不寻常。以往金子在家时，几乎不看电视，可自从搬进新家，天天都守在客厅沙发上，一动不动地盯着电视机。

这本来也算不上什么事，可是保姆发现即使她把电视关了，金子还是不愿意离开电视机前，眼睛直勾勾地盯着前方，看着让人担心。

保姆发现这个问题后，就告诉了白利泉夫妇。

接下来几天，白利泉和老婆有意关注儿子，发现他真像保姆说的那样，似乎对电视无比痴迷。夫妻俩有些担心，想来想去，觉得会不会是搬到新家后，金子还没认识新朋友，有些不适应？

于是，他让他老婆最近先不要去店里，带着金子到楼下花园里多转转，或许多认识些新邻居，就会慢慢好了。

可是，过了几天，他老婆忧心忡忡地告诉他，原本喜欢户外活动的儿子，现在对出门非常抗拒，即使强迫他出去，待不了一小会儿，就吵吵着要回家。只要一回来，就坐在沙发上，似乎魂都被电视勾走了。

除此之外，他儿子晚上睡觉也很不安宁，整晚都在做噩梦，不停地哭喊，还发出一些令人毛骨悚然的声音，却怎么都叫不醒。然而早上醒来后，问他做了什么梦，他却说一点也不记得。

夫妻俩首先怀疑孩子是生病了。当天就带他到儿童医院做检查，可是没查出任何问题。孩子只是有些精力不集中，看起来像睡眠不足。医生问夫妻俩，是不是给孩子报了太多才艺班，没时间休息。这可把他俩冤枉了，金子除了每周上一节围棋课之外，再没有报过任何班。

从医院回来后，孩子还是老样子，白天看电视，晚上做噩梦。白利泉夫妇愁眉不展，思前想后，突然想起会不会是房子装修时使用的材料不合格，有害气体超标，孩子身体敏感，成天待在家里，就受了影响。

刚好白利泉有个叫冯晓东的朋友，是做室内空气治理的专家，白利泉就请他到家里做检测。结果显示甲醛略有超标，可也不至于对人影响这么大。

冯晓东见白利泉愁眉紧锁，问起原因。白利泉就把儿子的情况一五一十说了。冯晓东听了，把他拉到一边说："咱也不是迷信，你不如找个人看一下这房子。"

白利泉立刻就明白了他的意思。自己虽然是做生意的人，但一直靠双手勤劳致富，从不相信什么神仙鬼怪造物主。可是为了儿子，不信也得信，就托朋友找高人来破局。

他这才找到了梁道长。

这时，一直闭目养神的道长睁开眼说："惭愧啊。"

3　梁道长看风水

　　我知道梁道长一向自律，只顾修身养性，钻坚研微，从不打着道门的幌子，给人看风水算命、指点婚姻财路。

　　道长主动向我交代，他上大学时有个女朋友，刚好是白利泉的表小姨子，虽然分开多年，情意还在。前女友找上门求助，总不好拒绝。另外就是，道长听说这事儿关涉儿童，他也就动了侧隐之心。

　　"看出什么了吗？"我问。

　　道长摇摇头，看着我说："你也知道，风水，其实是让人安居乐业的学问。过去人盖房子，讲究靠山则稳，近水则活，前后对称，阴阳平衡，其实都是生活的智慧，并不是什么玄学妄说。"

　　道长说得没错，风水说起来玄奥，其实都是古人对日常生活经验的总结和提炼。要想长期生活，附近必须有水源，可是临水太近，又有水灾的威胁。所以盖房子要近水而不临水。而阴阳平衡，是说房子的布局既要保证采光，又不能过于强烈，因为不论阴暗还是强光，人住着都不会太舒服。

　　道长端起茶杯，抿了一小口又说："现在的房子，格局都是开发商定死的，户型不满意，你可以不买。但想改是改不了，所以真要看，也就是看通风好不好，家具摆放会不会磕碰，人在房子里行动有没有不方便而已。"

　　我看白利泉在旁边心急如焚，根本没心思听我们聊这些，就把话题拉回了正轨："那道长看白总家……"

　　"不敢当，叫我小白，小白就行。"白利泉双手合十，向我致意。

道长沉吟片刻后，才说："我看过了，都挺好的，通风好，采光足，格局也不错，除了是顶层，落地窗大玻璃有点儿热之外，没毛病。"

"那究竟是咋回事儿嘛……"白利泉还没开口，就泪如泉涌，看上去真是要崩溃的样子，能把一个人生经历如此丰富的中年男人逼成这样，看来他儿子的事的确给他造成了很大的困扰，也可以看出儿子在他心里的分量。

这时，我看见道长的嘴唇微微一动，似乎有话要说，却没有开口。我就找了个借口，让八斗先照顾白利泉，把道长请到隔壁房间。

"究竟是怎么回事？"我问。

道长看着我，神情颓丧地说："这件事不是我能管得了的。"

道长很清楚我是干什么的，既然这话是对我这么说，那意思就很清楚了，他管不了，就是让我管呗。

可就算是我想管，也得先把状况搞清楚，于是我问道长："是什么？"

"不好说，不像是有东西，但我总觉得有些问题。"

"是孩子吗？"

"孩子没问题，是房子。"

刚才还对风水发表异类言论的道长，现在竟然说房子有问题，让我对这件事情有了兴趣。

道长见我没有继续问，就接着说："我也是属于生来就对环境敏感的人，从小一直被噩梦惊扰，之所以出家修道，跟这个也有关系。我对事情的判断，从来不是根据什么道门异术，而是来自身体的直觉。"

听着道长的话，我也在思索，既然他说是房子的问题，那应该大致不差，可他又说没东西，那究竟是什么？

想到白利泉无望的眼神，我对道长说："我去看看吧。"

虽然白利泉听道长说了我是干什么的，但他一时还有些无法理解。即使这样，在目前这种情况下，只要有一根稻草，他都会紧紧地攥在手里，说着立刻就要拉我去他家。

我看外面已经有了暮色，事关孩子，晚上不太方便，就以需要准备为由，跟他约好第二天一大早再去。

白利泉要请我和道长吃饭，我俩同时婉拒了。下楼之后，道长也不用他送，自己打车走了。白利泉临走前对我千叮咛万嘱咐，说明天早上他准时来我家楼下接我。他的心情，我也能理解。

回到办公室，八斗和小巩同时向我问起情况。我把道长刚才说的原封不动地讲给他俩听，两个人又叽叽喳喳起了争执。

"不会是房子成精了吧？"八斗说。

"说什么呢？动物都不让成精了，何况房子……你以为是海绵宝宝的菠萝屋啊？"小巩一向对八斗不客气。

我赶紧说："你俩别争了，早点回家，明天我直接去，你俩把该带的东西都带上，到时候电话联系。"

第二天早上，我吃了点东西，下楼看见白利泉蹲在垃圾桶旁边抽烟。看见我后他起身跑过来说："马老师，麻烦你了。"

我看了看表说："等会儿吧，等我助手过来。"

他迫不及待说："要不咱先过去，边看边等？"

我看他这么着急，不忍心拒绝，只好跟着他走了。到了他家楼下，他突然说："马老师，保姆我打发回去了，只有我老婆和孩子在家，你有什么要求尽管提，只要能让我儿子好，其他都不是问题。"

我懂他的意思，做生意的人，都会把价格提前谈好。我对他说："现在不说这个，我先看看，要是能解决，再谈其他的。"

他像小鸡啄米般点着头说："也行，这样也行。"

进了楼门，乘电梯上到顶层，一梯两户，左边的门半开着。大概是听到动静，一个少妇推开了门。

她年纪看来才不到三十岁，面容俏丽，脸色虽然憔悴，可她的神情之间，却有些与生俱来的妩媚。让我有些不太自在的是，面对一个陌生男人，她竟然只穿了一件半裸的薄睡裙，勉强遮住紧要的部位。

"这是我老婆米小兰。"白利泉向我介绍。

我赶紧在心里默念一句"阿弥陀佛"。

这是一套复式房，上下两层，一进门左手是个保姆间，右手是楼梯，走进去后，南边是开阔的客厅，北边是餐厅和开放式厨房。装修风格是这几年流行的现代新中式，在现代简约里糅合了一些古典元素；家具也是经过改造的明式风格，胡桃木质，线条简洁大方，但比原来更为舒适；其他装饰搭配也恰到好处。我大致看了一圈房子，没看出什么毛病。

客厅的大沙发上坐着一个小男孩，他穿着短裤背心，安安静静，十分专注地在看电视——我注意到电视并没有开。

"金子，跟叔叔问好。"米小兰大声喊道。

那男孩把脸转过来，看见我，没有任何表情，轻声说："叔叔好。"说完，他就马上把头转回去，好像电视里有让他着迷的东西。这时，我才注意到这个房子里唯一不太协调的东西——电视墙。

我刚想走过去看看，米小兰就端了杯茶走过来说："马老师，您请坐。"

我坐在金子旁边的椅子上，看他那么专注，忍不住问："好看吗？"

他摇了摇头说："不好看。"这个回答完全出乎我的意料。

米小兰把茶杯放在茶几上，问还需要什么，我说什么也不需要。这时，八斗打电话过来说他们到了，不过小区保安说，没有业主登记，不让外来车辆进入。我只好请白利泉到门口去接他们，因为车上拉了设备，我不是梁道长那种天生敏感的异人，必须借助设备才能干活儿。

白利泉出门后，我和米小兰无话可说，她不知道该干什么，就也坐在旁边。可以看出，她心里很紧张，两只手握在一起，不住地揉来揉去。

4　这房子有问题

沉默地坐了一会儿，我开始观察那面电视墙。整面墙都是用仿石材的马赛克拼贴而成的，每个小块约五厘米见方，颜色深深浅浅，拼贴没有规律，就像一幅挂在美术馆里的当代抽象画。

我问米小兰："电视墙是谁设计的？"

本来我只是随口一问，想缓和屋子里因为安静而显得有些凝重的气氛。可没想到，米小兰听见我的问话，竟然神经质般地猛然跳起来，急迫地问我："这墙怎么了？"

她如此反常的行为，让我很是好奇。本来想说没怎么，可是临出口时换了一句："看上去有些怪。"

而我这么一说，米小兰愈发紧张，竟然扑倒在我面前，猛然拽住我的胳膊说："马老师，你快告诉我，这墙怎么了？"

我轻轻把胳膊从她手里抽出来，起身走到电视墙边，伸手摸了摸，可是除了仿造石材的粗糙感，什么都没摸出。

"这是王永设计的。"米小兰在我身后突然说了一句。

"哦？"我转过身来，眼光刚好落在她袒露的胸前，赶紧把视线收回来，看向旁边的孩子，这才问，"王永是谁？"

米小兰的异样让我觉察到，她说的这个人，应该不同寻常。

我话才刚出口，她的眼泪就夺眶而出，泪珠噼里啪啦地顺着脸颊落在睡衣上。或许是考虑到旁边的孩子，她流泪归流泪，却没有发出丝毫声音。

我一时有点手足无措，赶紧在纸盒里抽了几张纸，递给她。女人真厉害，上一秒还"大雨滂沱"，下一秒就"雨过天晴"。不到一分钟，米小兰就止住了眼泪，还冲我笑了笑说："真是不好意思。"

我对她说："既然请我来处理这件事，我希望不要对我有所隐瞒。"

米小兰点点头说："这件事我从来没有告诉过别人，就连我老公都不知道，我可以告诉你，但是如果跟这件事没有关系，还请马老师保密。"

我说："你放心吧，如果没关系，我会马上忘掉。"

原来，米小兰在上中学时曾有过一个男朋友，叫王永。两人好了很多年，到了谈婚论嫁的地步。可是有一次王永在酒后见义勇为，致人伤残，被判了三年。在他服刑期间，当时还在酒楼收银的米小兰，嫁给了自己的老板白利泉，生下了金子。

王永出狱后，知道米小兰嫁了人，虽然失望，但也没有怪她，两人私下还经常联络。不过，米小兰强调，他们各自恪守本分，从来没有做过出格的事。

由于王永坐过牢，不好找工作，也没有资金创业，他就跟几个人合伙搞起了装修，刚开始只是游击队，米小兰没少给他们介绍活儿，还借给过他钱应急。后来赚了些钱，王永就注册了个装修公司。白利泉买了这套房子后，米小兰就找到王永，把房子交给他装修。

"白利泉一直不知道你和王永的关系吗？"我问米小兰。

"不知道，我只说是老乡，不过这也是事实，我没做什么对不起他的事，也没必要什么都告诉他。"

"那你觉得你儿子的事，跟王永的装修有关吗？"

"我就是不知道啊……马老师，我好害怕是装修的问题。"米小兰说着，就差点哭出来。

这时，门口一阵嘈杂，我听见了八斗说话的声音。

白利泉带着八斗和小巩进来后，米小兰已经全然恢复正常，看八斗拎着大包小包，赶紧跑过去帮忙。八斗看见她的穿着，表情也明显一愣。

八斗和小巩调试设备时，白利泉凑到我身边，小心翼翼地问："马老师，这是些什么东西啊？"

"都是些检测设备，有问题吗？"我反问他。

"没，我只是好奇，看风水不是用罗盘吗，咋还用这么多仪器呢？"

我严肃地告诉他，看风水是封建迷信，我们做的是科学检测，几句话给他说不清楚，就理解成屋内环境治理吧。白利泉点头，连连称好。

刚通上电，小巩低声对我说："马老师，这房子的确有问题。"

5　电视墙是拼图

看见白利泉正在餐厅里安慰米小兰，我让小巩先别说话，就把她拉到一旁，问她发现了什么。

"脉冲磁场太强，这样的强度，通常只有在直流电机附近才会出现。"

"会不会是附近有电机工作，比如电梯？"

"不会，"小巩一口否决，"居民电梯使用的都是交流电，只有一些控制组件使用直流电，但也是交流电转换的，不可能有这么强的脉冲。"

"你觉得是什么？"

"不好说，像是有台直流信号源，在发射信号。"

"能根据频率判断吗？"

"我试试吧，不过希望不大。"

我走过去，问白利泉我们能不能到楼上去看看。"当然可以，想看什么都可以。"白利泉毫不犹豫。

我和八斗带了一台声波探测仪，和一台梅丽莎 -8704 灵魂探测仪，从楼梯上到二层。刚上来转角处是一个喝茶的小厅，后面是长长的走廊，廊壁上挂着几幅画。共有四个房间，南北各两间。南向最大的一间是白利泉夫妇的卧室，隔壁是金子的卧室。我们看了一遍，没发现有异常。

北边两个房间，一个是衣帽间，挂满女主人的衣服；另一个是书房，却没几本书，主要用来堆放形形色色的玩具。

我正在扫描天花板，八斗忽然惊讶地叫道："老马，这孩子跟小巩爱好一样啊。"

"小巩有啥爱好？"我随口问道。

"拼图啊。你看这里边，全都是拼图。"

"哦？"我脑子里似乎有什么闪过，却转瞬即逝。

靠近窗户的一个木架上，层层叠叠地堆满了大小不一的拼图。我随手翻看了几个，有些是简单的卡通人物，有些是动植物，还有些复杂的世界名画。我想起走廊里挂的那些画，好像也是拼图拼成的。

我抽出其中最大的一幅，竟然是梵·高的名作《盛开的桃花》。说实话，这幅图要是给我拼，半年内拼好都算快的。

八斗这会儿已经把检测仪收起来，说道："老马，所有地方都查完了，啥都没有。要不要到楼顶去看看？"

"不用了，下去吧。"

我把那幅大图拿下楼，问白利泉是不是金子拼的。

"是，孩子从小就喜欢拼图，我和她妈常年在店里，没时间陪他，他既然喜欢拼图，我们就买了一些给他。"白利泉说起儿子，脸上满是自豪。

米小兰也抢着说："金子还参加过市里的拼图大赛，得了一等奖。"

我们说话的时候，那男孩似乎充耳不闻，一直保持着那个姿势，仿佛天塌下来也打扰不到他。

看小巩盯着显示器发呆，我问她有没有什么新发现，她摇摇头说没有。当她看见我手里拿的拼图时，惊讶地问："这是谁拼的？"

我指了指金子说："他拼的，怎么了？"

"我最近刚买了这个，拼了三天，完成一半了。"

她把拼图拿过去，走到金子身边，坐下来问："弟弟，这幅图你花多长时间拼的？"

金子眼睛瞟了一下，平静地说："一天。"

"啥？"小巩发出了杀猪般的惨叫，"苍天！人比人活不成啊——"

突然，她就像被人掐住了脖子，夸张的惨叫戛然而止，目光像两根铁钉，被紧紧地钉在面前的电视墙上。

她的惨叫声惊动了屋里的所有人。他们都跑过来问："怎么回事？"于是，他们看见了如下奇怪的一幕：

小巩和金子以相同的姿势，并排坐在沙发上，身体微微前倾，双手分开，撑在大腿两旁，下颌微抬，眼睛平视前方。仅有的区别是，金子面无表情，而小巩惊讶地张着嘴。

我赶紧伸手，拍了拍小巩的肩膀，刚想开口问她怎么了。

"别动。"她朝我挥挥手，看上去还算正常。我意识到，她应该是有了新的发现，就没有再打扰她，安静地在旁边等。

过了三四分钟，小巩忽然跳起来，哈哈大笑，就像中邪一样，把一旁的白利泉夫妇看得目瞪口呆。八斗还算冷静，不过从他脸上绷紧的肌肉来看，他应该也十分紧张。

小巩扯住我的衣服，指着电视墙，激动地说："马老师，看出来了吗？"

"拼图是吗？"我说出自己的猜想。

"对，对对，就是拼图，八斗你看出来了吗？"小巩又兴奋地问八斗。

"啥拼图？你这是走火入魔了吧，看啥都是拼图。"八斗疑惑地盯着电视墙，显然他并没看出什么。

我问小巩能不能看出是什么图案，她说现在看不出，必须得拼个大概才能看出来，可是如果没有原图，仅靠直觉来拼，实在是太难了。

6 孩子中邪了

小巩忽然好像想到了什么，又重新坐回金子身边，摸了摸他的头，问道："金子，姐姐有个问题想请教你，可以吗？"

金子没有看她，只是轻轻点头说："好。"

小巩指着电视墙问："你现在是不是在拼这个图？"

"嗯。"金子使劲点头。

“快拼好了吗？”

金子不说话了，眼睛里一阵闪烁，似乎在思考该怎么回答。过了好一会儿，他才摇了摇头说："没好。"

小巩看了一眼我，又问那男孩："那你告诉姐姐，你知道这幅图拼好后是什么图案吗？"

听到这个问题，金子脸色突变，浑身打了个激灵，原本波澜不惊的眼睛里，一瞬间充满了恐惧，仿佛看到了无比可怖的事物。他的小手紧握成拳头，身体仿佛筛糠般颤抖，牙齿死死地咬住嘴唇，似乎是不想让自己哭出来。可是泪水却像开闸一般，从眼眶里涌出来。

这样的情况显然谁都没想到，交流已经没办法继续下去。我让米小兰去安慰金子，这种时候，母亲的怀抱，能给孩子最有效的抚慰。

米小兰把金子紧紧搂在怀里后，男孩终于放声大哭，并且开始挣扎，想从米小兰怀里挣脱出来。

可是这种时候，米小兰怎么可能放手？这让金子非常愤怒，他的哭喊很快变成尖厉的嘶吼。听到声音的所有人，都恨不得把耳朵堵起来。

那不是孩子发出的声音，甚至不是人所能发出的声音，而像是一头困兽垂死挣扎所发出的，充满了企图撕开牢笼的不甘和愤怒。

白利泉一直在旁边问我这可怎么办才好。我看了看电视墙，吩咐他去找一块最大的床单来。我和八斗合作，把墙上挂着的液晶大电视卸下来后，电视墙终于露出了它的全貌。我无法想象它是什么图案，但从色调来说，毋庸置疑，它是阴暗的。

"八斗，给电视墙拍照。别用手机，用相机分几块拍，尽可能拍清晰。"

等照片拍好，白利泉也把床单拿来了。

说来也怪，我们刚用床单把电视墙遮盖起来，米小兰怀里的金子立刻就安静了。他挂着泪珠的眼睛惊奇地看着那条本来铺在父母床上，现在却挂在墙上的大红玫瑰床单，破涕为笑。

这一笑，让所有人都松了口气。

而小巩发现，电视墙被遮住后，之前强大的脉冲磁场，立刻就减弱了。如果是电机运转引发的磁场，绝不可能会被一条床单所影响。

我告诉白利泉，事情已经有了眉目，不过需要进一步研究。

他问，电视墙怎么办？我说暂时就先这么遮着，另外专门强调，千万不要破坏电视墙，等我们找到解决办法再说。

白利泉半信半疑地嘟囔："就这样吗？"我没接他的话，吩咐八斗和小巩收拾东西走人。

此时，金子已经恢复了小男孩应有的样子，在房子里上蹿下跳，只是时不时还会扭头，去看遮起来的电视墙。

后来，白利泉被金子缠住下棋，米小兰送我们出来。在电梯口，她说："马老师，我们加个微信吧，有点什么事，我好及时联系你。"

扫码加微信时，她用只有我能听见的声音说："王永的公司在财富中心，叫莞尔装饰。"我点点头，表示记住了。

回到办公室的头一件事，就是让八斗把照片倒在电脑上，还原成一面完整的电视墙。我问小巩能不能把图像拼出来，她想都没想，直接说不行。

"不过，"她说，"可以用计算机拼，对电脑高手来说，这非常简单。"

"哪儿能找到干这个的人？"

"随便上个威客网站，只要给钱，干啥的都能找到。"

"行，这个事儿就交给你负责，钱你看着给就行。"

"好嘞，老板真够大方的。"小巩笑着，马上就上网去找人。

我对八斗说："换身好衣服，跟我出门。"

"干啥去？"

"装修。"

7　全是老人的装修公司

我开车带着八斗，来到高新二路的财富中心。在一楼大厅的导视牌上，找到了"莞尔设计"。

这家公司位于十七楼的拐角处，深棕色的防盗门，门上挂着一块杂志大小的木牌，上面用电脑字体刻着"莞尔"两个大字，和"装修设计施工"六个小字。

我伸手按门铃，却没有声音，又敲了几下门，才有人开门。一个瘦小的女孩出来，问我们找谁。她的个子特别小，身材却很匀称，是一个袖珍型美女。

我告诉她，我们有房子想装修，朋友介绍了这家公司。我这么说的时候，也不知道为什么，小女孩脸上露出一副怀疑的表情。

但她还是把门打开，请我们进去。

一间不足五十平方米的办公室，被分成两个区域，靠门的位置是接待区，围着茶几摆放了一圈仿皮黑沙发；里面是办公区，用灰色的隔挡分隔成一个个工位。我快速扫视了一圈，惊讶地发现每个工位里都坐着一个老人，而且全都是老头，一个个鹤发鸡皮的，发现有人进来，都齐刷刷地抬起头，面无表情地看向我们。这个诡异的场面，让我心里一阵发毛。

"袖珍女孩"让我们坐在沙发上等，她端来两杯冰水说："不好意思，我们王总刚出去，请两位稍等，我给他发微信。"她的个子实在太小了，以至于当她回到自己的位置时，我们竟然再也看不见她。

我们刚坐了一会儿，门口就进来一个年轻男人，三十岁左右，瘦高个，皮肤黝黑，浓眉大眼，戴着一顶白色的太阳帽。他看见我和八斗，本来有些冷峻的脸立刻刷上一层礼节性的笑。

"两位好，我是公司的设计总监，王永。"

他边说边从口袋里掏出两张名片，递给我和八斗，名片上写着"亡蛹"。

"咦？"八斗惊异地问，"怎么是这两个字？"

亡蛹从兜里掏出一盒蓝色芙蓉王问："两位吸烟吗？"

我和八斗都说不吸，他自己抽出一支点上，试探着问："两位是怎么知道我们公司的？"

"朋友介绍。"我说。

他的嘴角微微抽动了一下说："不知道是哪位朋友介绍的？"

"一位萍水相逢的朋友，也许你不认识他。"我说。

亡蛹听我这么一说，脸上露出几分怪异的笑："不可能。"

八斗抢着问："公司所有的客户，你都记得吗？"

"是的，"亡蛹脸上怪异的笑容消失了，"我们公司跟其他装修公司不一样，为了让我们的设计方案不被随意更改，公司只跟绝对信任的客户签约。每一位客户，都经过严格筛选。"

"这么牛啊？"八斗故意大声惊叹。

亡蛹吐了个烟圈说："我们公司不会把客户当上帝，因为我认为普通人根本不知道自己要什么，更谈不上审美，都只是随大流罢了。而我们公司的使命，就是让客人知道什么是美，怎么样才能尊重美、学习美、欣赏美……"

他侃侃而谈，根本不像在跟客户谈话，而是像一个神父在讲台上传道。我本来就想多了解他，乐于听他滔滔不绝。

他大概是意识到自己说太多了，突然不再说话，沉默了一会儿问："你们的房子在哪里？"

"南三环和朱雀路交叉口，西北角。"我说的是八斗去看了几回，却最终放弃购买的房子。

"紫郡长安吗？不好意思，我们不做。"亡蛹站起来，看上去应该是送客的意思。

"为什么？"八斗问。

"我说了，我们是家严格的公司，除了选择客户，也会选择项目，如果项目位置不符合要求，我们也不做。"他居高临下，振振有词，仿佛装修是他给人的一种恩赐。

"哪儿的房子，你们才做呢？"我问。

亡蛹似乎被戳到了什么，猛然转头盯住我，眼睛里闪着阴冷的光，牙缝里挤出几个字："无可奉告。"

场面一下子僵住了，我只好起身告辞。

亡蛹脸色很臭，但那个袖珍美女并未受他影响，把我们送出来后，还说了一句："真不好意思，他平常不这样，不知道今天这是怎么了。"

8　还有更大的拼图

出了财富中心后，我们刚坐上车，我的电话响了。竟然是米小兰拨来的微信语音通话。我有点惊异地按下了接通键。

"马老师吗？我是米小兰，金子的妈妈。"

"噢，你好，有事吗？"

"亡蛹刚给我打电话，好像非常生气，非要跟我见面，我见还是不见？"

"他说什么时候见？"

"就一会儿。"

"你现在在哪儿？"我问。

"在家。"

"可以见，但在见他之前，我们先见个面。"

我在小区门口见到米小兰，她穿着一件天蓝色的长裙，非常醒目。我招呼她上了车后，告诉她，我刚才见了亡蛹，但没有提到她，要她不要说漏嘴。

另外，我向她提了个要求，就是在她和亡蛹见面时，要给我电话直播，我想听到他们说话的内容。如果实在不方便直播，最好能全程录音。

米小兰同意了，她说自己除了常用的电话之外，还有一个备用手机，很少有人知道那个号码。

我们说好就用备用手机连线，又叮嘱她千万要小心，免得被发现，引起不必要的麻烦。米小兰轻松地说："没事，毕竟我和他有过那么一段，他不会伤害我的。"

我和她试了下电话，一切就绪后，她就下车离开了。

我和八斗回到办公室，小巩正在和其他几个人聊天。看见我，她乐呵呵地跑过来说："老板，夸我吧。"

"夸什么？"我诧异地问。

"拼图搞定了。"

"这么快？"我吃了一惊，原以为电脑再快，也得两三天，想不到还不到两个小时就完成了。

"重赏之下必有勇夫，两千块，我找了个高手，值不值？"小巩得意扬扬。

"太值了！你把拼好的图发给我，到我办公室来。"小巩的情绪也感染了我，想不到这次的事情竟然这么顺利。

我快步走回办公室，打开电脑，接收了小巩发来的图。八斗也跟过来，凑到屏幕前，好奇地想看看究竟是什么。

图片打开后，八斗惊叫一声："这他妈什么玩意？"

他竟然抢了我的话。

可以这么说，这幅图一眼望过去，就像一潭淤泥里腐烂的枯枝败叶，红红绿绿的蚯蚓、甲虫在其间蠕动。其实这样的形容还算好听的，说得难听一点，这就是一个旱厕坑。

如果要让白利泉知道，自己家的电视墙竟然是这么恶心的东西，不知道他会不会现在就把家砸了？

　　这时小巩走了进来，我问她："这真的是拼好的图吗？"

　　"没错，"小巩说，"我第一眼看见也不信，可是那人把带编号的图也发给我，我对照了半天，确定没问题。"

　　"会不会拼错了？"八斗质疑道。

　　小巩撇撇嘴说，反驳道："不懂不要乱说，计算机拼图是先把每一个拼块编号，再根据几何形状、颜色、纹理，以及其他边界信息，通过信息检索匹配，一轮一轮算出来的。就算是有些小误差，但准确率在99%以上，怎么可能拼错？"

　　看八斗还要争辩，我赶紧说："既然这样，那就没问题，先看看究竟是什么东西再说。"

　　说真的，要分辨这"堆"东西还是有点难度的。整幅图并不是电视墙原本的形状，而是像一张竖起来的长条桌面。一条红褐色的带状，从左上角探入，一直探到右下角，把画面分为两块。

　　带子上有些斑驳的凸起物，大大小小的看起来像月球表面的火山口，又像是癞蛤蟆背上的毒囊，氤氲着墨绿色的烟雾。

　　画面的左上方，主体是半只深灰色的"眼睛"，周围蠕动着许多触角一样的细小虫子，正在相互吞噬。眼睛看着像螺旋状的黑洞，人盯久了，会有微微的眩晕，仿佛眼球在不停转动。

　　右下方的图像简直无法描述，一团肮脏的呕吐物里，涌动着骸骨、残肢和肉块。破损的肉翼在血浆般的黏液里挣扎，一根长着鳞片的指爪从画面底部伸出来，仿佛魔鬼从地狱里伸出爪子，映射着绿幽幽的磷光，鳞片的缝隙里还渗着鲜红的血液。

"这不是全图！"我下意识地脱口而出。

"不会的，所有的拼块我都——对过了。"小巩着急地说。

我赶紧解释："是我没说清楚，我不是说这幅图拼得不全，我是说这幅图也只是一部分，应该还有其他更大的部分。"

我这么一解释，小巩和八斗立刻就明白了。同时，我看见出现在他们脸上的震惊和不可思议。我相信自己脸上的表情应该跟他们差不多。

9　这事儿可就大了

过了好久，八斗才弱弱地问："老马，你真觉得这图只是一小部分？"

"嗯，虽然我也不希望这是真的，可事实的确如此。"

"那他妈的这事儿可就大了！"八斗一般不说脏话，但如果说了，那一定是内心波澜四起。

小巩也缓过神来了，她倒是没有骂人，而是马上就分析起了事情的严重性："假如这幅图只是一部分，那么其余的大部分在哪里？把这么邪恶的东西做成电视墙，是只针对白利泉一家，还是有更大的阴谋？如果只是前者，倒还好解决，如果不止这一处，那就还有更多的受害者。"

"是这样。"我说，"但问题的关键是，我们既不知道全图是什么，切分成了多少份，也不知道他这么做的目的究竟是什么。如果只是亡蛹对米小兰的报复……"

提到米小兰，我才猛然想起，米小兰跟我约好电话连线，但到现在还没打过来。我马上给米小兰发微信，等了很久都没有回复，我心里顿时有一种不好的预感。八斗让我不要着急，说也许米小兰不方便打电话。事到如今，我也只好耐着性子等。

又等了一个小时，还是没有米小兰的消息，心里的不安感越来越强，我再也坐不住了，必须马上行动起来。

我记得米小兰说过她和亡蛹见面的地点，但当时我在考虑别的事，现在一时有些想不起来。

幸好八斗说他记得，是在永阳公园里一家叫"宽严居"的会所，他曾和女朋友一起去过。我问他去会所干什么，他说是一个叫王有钱的大学同学，做私募基金赚了些钱，带他去的。

有八斗带路，我们很快到了永阳公园，找到了宽严居。

这是一家位于二楼的高级餐厅，装修既古朴又奢华，墙上挂满了各种字画，却都是些文化名人的大路货，看来老板是个热衷于附庸风雅的土豪。

因为已经过了饭点，我们一路走进来都没有遇见客人。一个穿着灰色唐装的精干小伙子接待了我们，他问我们是喝茶还是就餐，听我说是来找人的，他惊讶地说："现在八个包间都是空的。"

"大厅呢？"

"不好意思，我们这里只有包间，没有大厅。"

我和八斗互相看了一眼，如果亡蛹和米小兰不是临时换了地方，就是已经离开了。我又问小伙子，刚才有没有一对年轻男女在这里吃饭。

他几乎没有考虑，就说有。"因为其他包间都是提前定好的，只有一个能坐四个人的小包间，平常是老板跟人谈事儿的地方，不会定出去。今天午饭时间老板打电话来，说有个朋友要带人过来，让我们把小包间给他们用。后来，来了一对帅哥美女，美女是老板的朋友米总，以前来过，我们就按老板吩咐，把他们安排在小包间里。"

"您说的朋友，应该就是他们吧？"小伙子问。

我说："对，就是米总。"

小伙子说："米总和她的朋友只待了不到一小时就离开了。要不您给她打个电话，确认一下。"他一定经过很严格的训练，说话过程中，始终保持着让人舒服的明朗笑容。

"谢谢你！"

我正要离开，小伙子突然又说："先生，有件事我需要跟您确认一下。"

"什么？"

"米总离开之前，把一个手机留在了前台，说有人如果来找她，就把手机给他。我不知道您是不是她说的人。"

我问他怎么才能确认。他说让我拨一下电话号码就行。

米小兰跟我见面时，把她的备用手机的号码留给了我，还让我留在通讯录里，免得拨过来时，当骚扰电话挂了。

小伙子把我带到前台，跟前台的女孩说明事由。两人也不把电话拿出来，只是盯着我看。我赶紧拿出电话，拨了米小兰的号。电话接通了，但并没有铃声。

前台的女孩问我："先生，请问您尊姓大名？"

"马龙。"

"好的，谢谢您。"女孩从前台的隔挡下面，拿出一个小巧的国产手机递给我，手机没有声音，却正在振动，来电屏幕上写着"马龙"。

拿到手机后，我和八斗赶紧下楼，回到车上，迫不及待想看看米小兰在手机里究竟给我留下了什么。

10　跟随本源，走向永恒

那部手机的通话记录里，除了我刚才拨的电话，再没有过进出的电话记录。短信信箱里也是空的，连条垃圾广告都没有。微信倒是安装了，可跟我加的不是一个号，微信名叫"佘仙子"，列表里只有一个好友，叫"阿米巴虫"，没有任何聊天记录，也不知道是从来没聊过，还是已经清空了。

把手机里所有内容都检查了一遍后，我才打开了手机录音。

米小兰的手机里总共有两段录音，一段只有 5 秒，另一段有 38 分钟。

我先点开短的那一段，电话里传出米小兰的声音："喂喂……从来没用过，应该没问题吧。"然后就结束了，这应该是米小兰在尝试如何使用录音功能。

我又点开了第二段。

"你先出去，我们有需要的时候再叫你。"

录音非常清晰，一下就能听出这是亡蛹的声音。

"好的，两位请慢用。"

这应该是女服务员的声音。

安静了一小会儿后，亡蛹急切地问："怎么回事？你家是不是去过什么人？是谁？"

米小兰说："我家去了谁，关你什么事？"

"快说，我没时间跟你猜谜。"

"你没时间？"米小兰提高声音说，"没时间跟我猜谜，就有时间害人是吧？"

"你说什么？"亡蛹变得紧张起来，"什么害人？"

"那你告诉我，电视墙到底怎么回事？"

"电视墙怎么了？"亡蛹的声音里透出几分凶狠。

"怎么了？你可别对我凶，你越凶，越说明你有问题。"米小兰似乎一点都不害怕。

"我有什么问题？"

"装，你还装，是不是非得家破人亡了，你才会说实话！实话告诉你，我儿子要是有个三长两短，就算倾家荡产，我也要你来偿命！"米小兰发出母老虎般的咆哮。

"你儿子？那也是我儿子，我会害我的亲生儿子吗？"亡蛹也叫起来。

我心里骤然一惊，看来米小兰先前对我说的只是故事的一部分。她刻意向我隐瞒了那个男孩是亡蛹和她所生的事实。当然，我们只是第一次见面，她没有必要把这么隐私的事告诉我。

果然，亡蛹这么一说，米小兰沉默了。过了一会儿，她才带着几分委屈的语气说："那你说金子为什么变成了那样？"

"唉，他只是暂时这样，再等半年，就全都好了。"亡蛹的话音里包含着很大的信息量。

果然，像米小兰这样聪明的女人怎么会听不出来，她马上追问："什么半年，为什么要等半年？"

"这跟你没关系。"亡蛹的声音变得亢奋起来，"不过，我向你保证，到时候，我们一家人就可以永远在一起。"

"我们一家人？谁跟你一家人？我早就跟你说过，我米小兰这辈子是白利泉的老婆，金子这辈子都是我和白利泉的儿子，我们早就结束了。"

"没有结束，怎么会结束呢？在本源降临之前，没有任何人能够结束，所有结束的想法都毫无意义。"亡蛹的声音变得非常亢奋，即使是录音，也能听出他的身体在颤抖。

"你有病吧你？"米小兰骂道。

"我是有病，这个世界都有病，已经病入膏肓，需要一次彻底的清洗，回到本源，让一切重新开始。到那时，我的万千子孙，将会生活在一个崭新的世界里，没有虚伪，没有痛苦，跟随本源，走向永恒……"

我仿佛又见到，上午在莞尔公司的办公室里，那个对我和八斗喋喋不休的传道者亡蛹。

"干什么？"亡蛹突然大喝一声。

"我摸摸你发烧没，怎么感觉脑子都烧坏了。"米小兰发出一阵狂笑。

"你别笑，你现在不信，到时候就像其他女人一样，跪在我脚下……"

"哎哟，好牛啊，还其他女人，你不是不行了吗？我不信有女人愿意跟着你守活寡。"

一阵死一般的寂静后，米小兰率先打破沉默："好了好了，别生气了。来，敬你一杯，给你赔罪，是我说错了。"

两个杯子似乎犹豫了一会儿，终究还是碰在一起，发出清脆的响声。

米小兰又问："现在你告诉我，电视墙究竟是怎么回事？"

"你是怎么知道的？"亡蛹反问。

"咦，我的问题你还没回答，你反倒来问我？"

"具体的事，我没法给你解释，但你可以理解成房子风水有问题，我做了个局来破。"

"放屁！"米小兰大声叱骂，"分明就是那个电视墙，才让我家不安宁。"

"你们女人看问题就是短视，又不光是你们一家……"亡蛹似乎意识到说漏嘴了，马上停了下来。

11 受害者有三百家

米小兰立即就抓住了重点，追问道："听你这话，除我家之外，还有很多人家需要破局了？"

亡蛹有些尴尬："嗯……可以这么说。"

"有多少家？三十，五十，还是一百？"

"三百多家。"

亡蛹说出的数字，让我和八斗面面相觑。如果他说的是真的，那么这应该是我见过的同类事件中，波及范围最大、人数最广的一例。

"哎哟，亡蛹，难怪你口气越来越大，原来你发财了呀。我来算算，一家不多赚，就赚十万吧，三百家——三千多万哪！我要是有三千万，可比你嚣张多了。这样吧，你先把欠我的钱还了，再给我转一千万，我就不追究你，怎么样？"米小兰如此伶牙俐齿，不当个饭店老板娘简直都是浪费了。

"够了！"亡蛹大喊一声，愤怒地说，"不要侮辱我对本源的虔诚。"

"别说得这么悲壮，不想给钱是吧？那咱们就没什么可说的了，别人我不管，我自己家总能自己做主吧？我现在就回去叫人把电视墙拆了。"

"别……求你了，你要钱我给，一千万是吧，给我一个星期时间，我一定给你，但你要保证半年之内不能动电视墙。"亡蛹看来是真急了，竟然听不出米小兰话里的玩笑，当真谈起了条件。

直到这会儿，米小兰似乎才意识到问题的严重性。亡蛹竟然愿意出一千万来保住电视墙，那么说明这面墙的价值远远大于一千万。

她冷静地问："这面电视墙究竟是什么东西，让你这么看重？"

"你别问了，对你来说，它只是面电视墙，拆了就一文不值，但是留着，你可以得到一千万。"亡蛹看来铁了心要保住电视墙。

"钱固然重要，可没了命，要再多有什么用？"

"我说了，它对你和孩子没有伤害。"

"那白利泉呢？"

"半年之内也不会有问题，我只能保证半年，之后就不由我说了算。"

"那谁说了算？"

"本源。"

"你一口一个本源，本源究竟是谁？是你在监狱里认识的狐朋狗友吗？"

"住嘴！"亡蛹听起来被米小兰激怒了。

"那好，我不要你的钱，请你带着你的墙，滚出我们家。你不是说有三百多家吗，那也不缺我们这一家吧？我们小区里还有装修的，我贴钱让你去装，只要不再害我儿子，我管你害谁。"米小兰也动了怒。

"换不了，你以为我愿意装在你家啊？"亡蛹说，"那还不是因为你家的位置刚好合适！怨就怨你家的风水不好，不对，应该是风水好，恰好满足了本源降临的需求。"

"又是本源！"米小兰怒极反笑，"别胡编乱造了，臆想狂，真要是有什么狗屁本源，你让他来见我。"

米小兰这么说，亡蛹竟然没有被激怒，他长长地呼出一口气，声音幽幽地说："你真的愿意见他吗？"

"屁话，我说见就见，现在国家正扫黑除恶呢，他还能吃了我不成。"

"好，那我现在带你去见他。"亡蛹显得异常冷静。

米小兰大概没想到亡蛹竟然真的答应了，突然有点紧张，停顿了片刻，她又故意放声说："光跟你吵架了，这么贵的菜别浪费，我先上个厕所，回来吃点儿东西再去。"

录音里，米小兰踩着高跟鞋，出了包间门，沿着走廊进了厕所，关上门，自言自语地说："马老师，我觉得亡蛹是中了邪了，我得先跟他去看看，有什么状况，随时跟你联系。我把这部手机放在前台，希望你能拿到。"

录音到此结束了。

"怎么办？"八斗问。

"先找人。"我赶紧发动车，以最快的速度朝财富中心开去。

车到楼下时，正值下班时间。财富中心像一个巨大的反刍怪兽，把清晨吞噬的人流又全部吐出来，等明天早上，再重新吃进去。

好不容易才等到电梯，我们搭乘来到十七楼，莞尔公司的门半掩着，里面传来断断续续的哭泣声。我和八斗互看一眼，猛地推开门冲了进去。

12　塬上的秘密基地

办公室里一片狼藉，就像刚刚被洗劫过一般。那个袖珍小女孩，正在边哭边收拾东西。看见我们进来，她收起哭声，眼神里满是警惕和惶恐。

"怎么回事？"我问她。

她抽泣着问："你们要干什么？亡蛹不在。"

我说："你不要哭，需要帮忙吗？"

她表情一怔，马上说："不用不用，只要你们不砸东西就行。"

"这是怎么了？遭贼了吗？"

小女孩气呼呼地说："刚才来了几个人，特别凶，说是要找亡蛹，我说他不在，他们就骂人，骂得特别难听，然后就砸东西……"

"没报警吗？"

"我哪敢啊，谁知道他们是什么人。"

"亡蛹呢？"

"鬼知道那个王八蛋跑哪儿去了，打电话也不接。"

八斗惊异地问："你骂你们老板是王八蛋？"

小女孩看我们不是来找事儿的，口气硬了起来："我骂我男朋友，关你什么事？"

"他是你男朋友？"我问。

"有问题吗？"

我斟酌了片刻，觉得还是得说："我想问你个私人问题，如果你觉得不合适，可以不回答。"

小女孩说："啥事儿你说吧。"

"我听人说，亡蛹在身体方面有些缺陷，不知道是不是真的？"如此露骨地问女孩这样的问题，的确不太好，可是牵涉的事比较大，再不好也得问清楚。

她的脸一下就红了，惊讶地问："你怎么知道？"

看来是真的，米小兰没有开玩笑。

小女孩又说："他那方面的确有问题，可这是被人害的。"

"那你怎么还愿意跟他交往呢？"八斗问。

"找男朋友，难道只是为了那个事儿吗？"小女孩不屑地反问八斗，"他长得帅，又有才华，就算那方面不行，也比别的男的更像男人。"

"不好意思，"我赶紧把这个话题止住，"你们公司总共有多少人？"

小女孩摇了摇头道："具体我也不清楚，我才来两个月，这间办公室只是公司接待客户的一个点。"

"那其他人呢？"

"都在塬上。"

"塬上？"

"对，我们公司总部在塬上，有一个大院子，修得可好了，跟度假山庄一样，大部分人都在那边。我们是创意行业，必须有好环境，才能激发灵感做出好方案。"

小女孩说着说着，就有了亡蛹的口气，看来亡蛹对她的影响不小。

"你去过吗？"

"去过一次，特别舒服，要不是我家在城里，来回太远，我就到那边上班去了。"

小女孩大概是怕我们不信，拿出手机给我们看照片。果然如她所说环境十分漂亮，树影婆娑，绿草如茵，房子是用老建筑改造的，古朴的土墙上爬满了藤蔓植物，看起来有些年头。

因为只有三张照片，也看不到更多的信息。照片上，小姑娘摆出各种姿势，笑得像朵花一样。

"这地方真不错，"我赞叹道，"要是对外营业就好了。"

"虽然不对外，但还是有游客进去参观，还有摄影师专门去拍照，你们也可以去看。"

"那太好了，你知道地址吗？"

小姑娘的心情这会儿好了很多，脸上有了笑容："我是路盲，亡蛹开车带我去的，就子午大道一直往南，走了好一会儿，拐进小路，经过一些村子，最后走过一段土路上塬，就到了。"

这跟没说一样。

"路上有没有经过什么标志性建筑？"遇到这种路盲，也实在没办法，只能寄希望于路标了。

"村子旁边有个学校，门口有军人站岗。"

本城有几十所大学，有军人站岗的，只能是那几所军校，而在南边的军校有两所，陆军学院和通信学院。

经过比对，我们排除了陆军学院，因为陆军学院不在村里，而在一条宽敞的环山公路边。那么就只能是通信学院了。

等我们开车到了通信学院时，天已经黑了。不过周围的村子里倒是灯火通明。按小女孩的说法，过了通信学院，再往前走三五分钟，就要拐进一个村子。穿过村子，就是上塬的土路。

经过几次试探，我们选定了东曲村。

这是一个新建成的村子，村民以前都住在塬上，近些年陆续从山上搬下来，在山下建起了一栋栋小楼。

沿着村里的水泥路，一直走到塬下，一条上山的小路，掩映在浓密的灌木丛后面。

13　无人荒村里的破庙

长安城周围到处都是故事，此地也不例外。

闯王义军当年被赶出北京后，退守陕西，被官兵围剿，分崩离析。有一部分义军据守在此塬上，对抗官兵。这里的地势虽不够险要，但二三十米高的土塬直上直下，在冷兵器时代，也是个易守难攻的地方。

可惜孤山固守属于兵家大忌，三国时马谡就是犯了此忌。义军不通兵法，也没有读过《三国》，最后粮尽援绝，无力防守，全部被擒。义军誓死不降，被全部屠杀，就地挖坑掩埋在村里。

沿着土路向上开，转了几个急弯后，就到了村口。首先看见的是一棵老态龙钟的皂角树，至少活了有四百年了。皂角树下设有神龛和供桌，桌上落满了枯枝败叶，还有一个倾倒的香炉，看起来很久都没人上供了。

我们把车停到老树旁的空地上。下车后，打开强光手电，前后左右扫视了一圈，目力所及之处已破败不堪，到处是断壁残垣，荒草丛生，看上去整个村子已经彻底荒废了。

八斗倒吸一口凉气："这地儿别说晚上，就算是白天，给钱我也不来。"

我注意到左右各有一条路，通向不同的方向，就问八斗："我们是分开找，还是走一块？"

"还是一起走吧，太阴森了。"八斗还有些心神不定。

仔细观察后，我们决定沿左边的路进村。

这里的房子多数建于晚清"民国"时期，是典型的关中民居风格，大多是三合院，块石筑基，土砖垒墙，外立面用草泥涂抹，但现在几乎脱落殆尽。只有个别院子是后来重新整修过的，水泥抹墙，或者贴着瓷砖。但无论新旧，全都废弃了，宛如末日荒土。

村道崎岖难行，除长满野草灌木，还到处是石头瓦块。偌大的村子，除了我和八斗的脚步声，再没有一点声息，整个村像一具死去很久的躯壳。

八斗问："咱会不会走错了？这怎么也不像个有人住的地方啊。"

我虽然也有些疑惑，但直觉告诉我，就是这里。

"要是把灰尘带来就好了。"八斗说。

灰尘是我们收养的一只灰猫，天生有些灵性，能感触到我们人类感官无能为力的东西，在我们很多次的行动中，它都起了关键作用。

我说："既然都来了，先找找看，实在找不到，再回去把它接过来。"

我们正要继续往前走，突然从正前方传来"嗡"的一声，听着像是寺庙道观里那种击磬的声音。

"谁？"八斗大喝一声，同时立刻把泡泡枪从包里拿出来，紧紧握在手里。

泡泡枪，其实是一个高能泡沫喷射器，跟小孩玩儿的那种吹肥皂泡泡的玩具差不多，只是发射出去的泡泡不是肥皂水，而是改良过的发泡聚丙烯，不仅不会破，还有巨大的黏性，可以迅速在身前结成一块两米见方的泡泡盾，用来阻挡那些无名的巨大撞击力。

可是，我们等了一会儿，再没有任何声响了。

八斗把手电光调到最亮，朝发声的地方照过去。"咦，怎么有个庙？"

果然，就在我们前方五十米处，有一处看上去和村子一样破败的庙宇。

"走，过去看看。"我率先开路，朝着庙走过去。

八斗说得没错，那的确是个庙。两扇木大门红漆斑驳，下方的门槛已经遗失，生锈的铁门环上挂着大铁锁。门头上的牌子已经风化龟裂，看不出原本的颜色，只有"源道寺"三个汉隶金字还十分清晰。

庙门口的石阶缝里，野草足有一尺多高，门洞墙上长满了苔藓。看样子，有三五年都没人来过了。

"声音不会是从这里来的吧？"

八斗说着，拿出蛇眼生命磁场探测器。这种探测器一般用于建筑坍塌后，查找和救援废墟下的生命。这种探测器的无线信号发射可以穿透木、石、混凝土等阻隔，最大有效距离可以达到150米。

"不对，"他看着显示器说，"不在这里，在后面。"他说着就掉转身子，朝着来路往回走。刚走几步，他又转回来。

"还是不对，马爷，你来看看，怎么会出现这种情况？"

14　破庙复苏了？

我走过去，看了看他手里的显示器。

所有生物，都是一个磁场源，而生命磁场探测器针对的就是生物自身携带的磁场，只要有生物在探测范围内，显示器上就会出现绿色的光斑。

而此时显示器上的情况，我从来没见过。那上面的一个个光斑，就像信号灯一样，闪烁不定，忽明忽暗。就像拍卖会现场，举牌者的牌光此起彼伏。

"会不会是一个东西在跑来跑去？"八斗问。

"不是，"我说，"没有移动轨迹。"

我突然想到另外一种情况，生命磁场虽然一直存在，但也可以被屏蔽。如果有人掌握了屏蔽的手段，探测器就会失效。而在这个过程中，假如被屏蔽对象磁场突然加强，就有可能突破屏蔽，被探测器找到。

此时光斑无规则闪烁，说明生物磁场在无规则变化中。这种情形，在自然情况下绝不会发生。除非有强大的能量突然注入，比如电椅用刑，或者使用了心脏起搏器。

虽然理论上如此，可我们还是无法知晓，这些躲在暗处的"生物"，此刻究竟在做什么。

我指了指庙门说："进去再说。"

"好嘞。"八斗放下探测器，拿出了小撬棍。几秒钟后，只听"咔嗒"一声，锁子应声而开。

很久没开的木门，被推开时发出一阵难听的吱呀声，在死寂的荒村，显得特别刺耳。

院子是坚硬的青砖铺就的，不过因为无人打理，很多已经碎裂了，满地都是枯枝败叶、污泥鸟粪、破砖烂瓦。院中间有棵大槐树，繁茂的树冠像一把大伞，几乎笼罩了整个院子，使得这里空气流通不畅，弥漫着一种潮湿的臭味。

绕过大树，就可以看到正殿，门窗都是原木雕琢而成的，镂空的窗棂上原来都糊着麻纸，如今早被风吹雨打去。窗下堆了些腐坏的旧木板，都已经生出了白色的蘑菇。

我们走到窗边，用手电透过窗棂照到里面，出乎意料的是，整个大殿里竟然空空荡荡，什么都没有。

我刚想说，既然没什么，就不进去了。突然耳边又传来一声"嗡"响，而声源就是身旁这座大殿。

八斗吓得差点跳起来，大喊道："不管你信不信，反正我信鬼了。"

"鬼个屁，这么不专业的话都敢说，幸亏小巩今天没来。"

"她要来了，早就吓跑了。"

"别废话，开门！"

有八斗这个机械专家在，进任何房子都易如反掌。一分钟后，我们俩就进了这间原本是神佛大殿，如今空空如也的大房里。

大殿其实并不大，只有四十多平方米，青砖地面落了厚厚的一层灰，上面有一些小鸟和鼠类的细碎足迹。房子没有些许漏雨的痕迹，墙上和房顶有浓重的烟熏痕迹，显示这里的香火曾是多么旺盛。

可是，却始终无法找到声音的来源。

"万能的马总，没招了吧？"

八斗嘲讽我的话音未落，突然一声震耳欲聋的轰鸣，在我们耳边响起。我和八斗几乎同时扔掉手里的所有东西，捂上耳朵。脑袋就像被沙包剧烈撞击，眼前金星乱冒，眼球突突乱跳，耳朵里隆隆作响。

那轰鸣不是坍塌，也不是爆炸，而是纯粹的钟声，是寺庙里那种大铜钟被撞响的声音，而我们如同身处大钟的中心，让我瞬间有一种万念俱灰之感。

我捂着耳朵，抱着脑袋，休息了好一会儿，才感觉紧缩的脑仁缓缓放松下来。可是耳朵里，却依然荡漾着嗡嗡的钟声。

"不行了不行了，这没把人吓死，先得把人震死。"

八斗距离我不到一米，却冲我放声大喊，看来他的听力受到了不小的损伤。

随着他的喊声，原本死寂的庙宇，似乎复苏了。屋里屋外到处传来窸窸窣窣的声音，就像夜雨婆娑，又像蝗虫过境。

可是仔细看，却没发现什么异样，就连院子里大树的叶子都一动不动。这时，我觉得有什么东西落在我脸上，伸手一摸却摸到一手灰。我以为是刚才的声音振动了积灰，可是灰尘越来越多，像大雪一般，扑簌簌地飞扬下来。八斗也觉察到了异样，下意识举起手电去照。

"老板，快看，房顶在动！"他大声喊道。

15　来自远古的万恶

八斗说得不准确，不是房顶在动，而是房顶上的椽子在动。

密密麻麻的木椽子像一条条大蠕虫，扭动着粗壮的身体，陈年积灰纷纷扬扬。很快我们注意到，不光是椽子，就连房顶的大梁都开始蠕动。此时的房顶就像一条硕大的百足虫在拼命挣扎，似乎想要从屋顶钻出来。可是，它就像是被一种无形的力量锁住，只能在原地蠕动，却始终无法挣脱。

"万恶？！"我脑子里突然蹦出这个词，随即就叫出来。

"什么？"八斗的注意力已经完全被吸引，灰尘落在眼里，他连眯都不眯一下。

我问八斗："你记不记得我让你看过的《路史》？"

"记得，可是内容那么无聊，文字佶屈聱牙，没法读啊。"

《路史》是南宋人罗泌花费毕生精力所著的一本史学古籍。此书非正史，却是一本奇书。记述了荒古以来的氏族秘史、神道传说、上古秘事、地理风俗，内容十分驳杂枯燥，一般人很难读下去。

书中记载，自混沌开辟后，两大先天创世神灵——太阳烛照与太阴幽萤，共同化生我们熟知的四大神兽——青龙、白虎、朱雀和玄武。

其中有一条不常见的隐秘记录，说在四大神兽之前，曾诞生过一条虫，它身具万足，有吞吐天地之能。在成形之初，它过于亢奋，万足狂奔，几乎将世界复归混沌。太阳太阴无奈，只得将其驱逐出两仪世界。

可万足虫不甘被放逐，心怀怨念，离开的最后时刻，在世界播下了亿万恶念。此后，凡是此世界诞生的生物，无论是神兽、凶兽，还是异兽或凡兽，都沾染了恶念。

恶念会在生物体内孕育成种，抓住机会就反客为主，驱策主体行凶作恶，为其孵化提供养料。所以上古之时，众神灵之间，经常会受到恶念驱使，反目成仇，殊死搏斗。

而恶种在成熟后，就会破体而出，因恶成形，形态多样，有万千之数，故先民称呼其为"万恶"，而万足虫也因此被称为"万恶之源"。

世态变迁，随着上古神兽、凶兽和异兽的消失，凡兽之恶，已不足以孕育恶种，所以万恶也在世界上消失了。以至于后来者，已经忘了世间还有过如此恶兽，更不知道有万恶之源的存在。

"这种故事，很可能是唐宋文人编造的，不足为信。"八斗说。

"并不是，因为后来有人发现，在内蒙古阴山的壁画、殷墟的甲骨文，还有岐山的青铜器里，都有万恶的踪迹。"

"那又怎样，远古时期恶兽本来就多，残存在文明开化之初的人类记忆里也不奇怪。可是这些，都没法解释我们头上这个玩意儿为什么会突然出现。"八斗眼睛一直死死盯着屋顶，唯恐它会挣脱枷锁，突然扑下来。

"它不是突然出现的，而是被人唤醒的。"

"唤醒？"

"对，《纬书》里说，万恶之源在遥远的莫名之处制造梦魇，世间凡是会做梦者，都将在梦中受到它的召唤，如果把所有残存在脑海深处支离破碎的信息拼接起来，万恶之源将会重新降临此间。"

"这亡蛹原来是个大神啊，竟然偷偷摸摸干这么牛的事，难怪愿意拿出一千万。"八斗惊讶到目瞪口呆。

可是马上他又提出疑问："不对吧，难道就凭几百面电视墙，就能召唤远古大神？那这大神也太不值钱了。"

"他召唤的不是万恶之源，而是万恶。"我说。

"万恶不会消亡，只会沉睡。每一头万恶在离开之前，都会把自己的躯壳分解成无数块，分开藏匿于世界的隐秘之地。这些躯壳在经过不知多少年后，会在隐秘之地留下印记。传说如果一头万恶的印记被人找全，再拼贴完整，就能通过某种祭祀仪式，唤醒万恶。

"可是，万恶凭借恶念存活，唤醒之后，如果世间恶念足够浓郁，它就会吞食恶念彻底复苏。如果恶念不足，它会重新睡去，直到下一次再被唤醒。"

八斗听我讲完，才恍然大悟："这么说来，亡蛹可能找到了万恶的印记，可是为什么非得做成电视墙呢？"

"这我就不知道了，也许是仪式的一部分吧。"我摇摇头说。

"真没想到，在这个世界上，竟然还有人知道本源！"突然，一道干哑而苍老的声音从门外传进来。

16 万恶遗蜕

我和八斗几乎同时回头，大殿门口，一个枯瘦的身影在强烈的手电光映照下，显得特别细长。

那是一个光头老男人，看面容至少有七十岁，腰背有些佝偻，形容枯槁，黝黑的脸上布满了褶子，衰惫的眼神里闪烁着奇异的光芒。

正是这种光芒，让我感觉他异常熟悉，仿佛在哪里见过。我迅速在脑子里检索了一遍，却一无所获。

老头见我和八斗都不说话，下垂的嘴角抽动了好几下，才用那种像干柴开裂的声音问："怎么？不认识了吗？"

"你是……"

我正想问他是谁，旁边的八斗，就像被老鼠咬了脚趾般狂叫起来："亡蛹！你是亡蛹？！"

我这才注意到，老头身上穿的衣服，正是今天上午亡蛹穿的衣服，只是那顶太阳帽不见了，露出反光的秃头。

老头"啧啧"两声，说道："还是九零后人眼力好。"

八斗惊讶地问："你咋老成这样了？"

亡蛹咧嘴一笑，露出一嘴残牙："老怎么了，你也会有老的一天嘛。"

"哎，你这人，明明老，还不让人说。要不是……哎，算述。"一向怼天怼地怼空气的八斗，面对忽然出现的一张老脸，竟然卡住了。

"是要找米小兰对吧？"亡蛹说，"我正好也奇怪，米小兰什么时候认识了你们这种人。"他说着就无缘无故激动起来，身体摇摇晃晃，结合那身原本合适，而此时看起来空空荡荡的衣服，就像一株风中的残荷。

等他稍稍缓和下来，我说："有你这种人，当然就会有我们这种人。"

亡蛹一脸苦笑地说："真是可惜了，如果半年之后你们再出现，或许我就可以给你们一个更大的欢迎仪式，可惜啊。"

八斗问："等你彻底唤醒万恶吗？"

亡蛹没接他的话，而是看着我，眼神里那种凶狠，与他此时的老态龙钟极不相称："没错，你们猜得很对，从我在库车监狱的煤坑里遇到它的那一刻，我就发誓，不惜一切代价也要唤醒它，回报这个满是恶意的世界。"

亡蛹说，他见义勇为，却因酒后失手，把对方打伤，坏人逍遥法外，自己却被判刑入狱三年，在新疆库车监狱的煤矿服刑。

从入狱的第一天起，他就计划逃跑，可是却苦无机会。直到有一次下矿井，趁着管教大意，他跑进一个废弃的采空区，却迷了路，在里面绕了两天两夜，最后脱水昏迷，人事不省。昏迷中，他被一个非常可怕的梦吓醒，他看到自己面前有一个奇怪的图案，在岩石里闪着荧光，那个图案，与他在刚才梦里遭遇的景象非常相似。

当时，他也不知道那是什么东西，却像中邪一样，用随身携带的一根铁钉，蘸着煤灰，把那个荧光图案文在自己大腿上，让他惊奇的是，本来已经虚弱不堪的身体，似乎在一瞬间就满血复原。凭借这股无名的力量，他走出了庞大的采空区，被狱警重新抓回监狱。他撒谎说自己去拉屎，迷了路，所以只被关了几天禁闭，就重新下矿干活儿。

有一次洗澡时，同监室的一个老头看见了他的文身，非常惊讶地问他文身哪儿来的，他把过程给老头讲了。老头欣喜若狂，扯开自己的衣服让亡蛹看，原来在老头的腋下，也文了一块类似的图案，虽然不尽相同，但一眼就能认出，那也是在自己怪梦里看见的图案的一部分。

老头姓王，叫王是鱼，黔东南人，从小爱画画，画什么像什么。由于他家里一贫如洗，就经常自己画粮票去换粮食，但他从来没被查出来过。后来他跟一个温州人合作，制造假币，在老家山区里找了个偏僻无人的地方，自己绘制印版，温州人负责印制销售。因为怕被公安查，他们经常更换地点。

有一回，他们发现了一个无人知晓的地下溶洞，准备当长期的基地。身上这个图案，就是在溶洞的石灰岩里发现的。王是鱼说，自从见到这个图案后，他就心神不宁，无心做事，所以把图案文在身上，没日没夜地研究，想知道究竟是什么东西。后来，他终于在一本苗族巫辞里，知道了它原来是万恶遗蜕。

这个发现让他非常兴奋，当即决定不再做假币，专心寻找其余的万恶遗蜕。可是这么一来，他断了合作者的财路，温州人不愿意，就举报了他，他最终被判无期徒刑。

王是鱼对亡蛹说："我这辈子是出不去了，你还年轻，出去后一定要想方设法找到所有遗蜕。"他把自己知道的，毫无保留地全都告诉了亡蛹。

17　他要召唤万恶

本已心灰意冷的亡蛹，又找到了出狱的动力。而且自从文身以后，他似乎获得了某种幸运，经历了好几次危难，都死里逃生，并且当了狱中的牢头。因为积极改造，表现良好，提前半年被释放。

就在亡蛹出狱的前夜，王是鱼交给他一件东西，竟然是那块有文身的皮肤。出狱后，他没有回到西安，而是按照王是鱼告诉他的，跋山涉水，跑遍大江南北，寻找万恶遗蜕。

刚开始找起来非常困难，几个月才找到一个，但很快他就发现，这些遗蜕似乎有某种导引能量，会带领他到下一处。随着他找到的遗蜕越来越多，导引能量也越来越强，到后来每找到一块，下一块的位置就在脑子里蹦出来。整整花了一年时间，他终于找齐了一尊万恶的所有遗蜕。

亡蛹回到长安后，才知道米小兰已经嫁人。

"不过，"本来萎靡不振的亡蛹，脸上突然泛起光彩，"在我入狱前，米小兰就怀孕了，我回来后，发现自己竟然有了一个三岁大的孩子，真是失之东隅，得之桑榆啊。"

八斗问："既然金子是你儿子，你为什么还要害他？"

亡蛹说："这也是命，要怪也只能怪白利泉买房子买错了。"

"这跟房子有关系吗？"

亡蛹咳嗽了好几声说："当然有关系。"

我追问："你既然已经找到了万恶遗蜕，为什么还要花精力做成电视墙拼图？"

"唉——"亡蛹长叹一声，"这也是无奈之举了。"

原来，他得到万恶遗蜕后，开始筹备唤醒万恶的祭祀仪式。按照王是鱼讲的程序，他必须找三百一十三个万恶信徒，每人将一块遗蜕图案全部记在脑子里。找一个适合的地方，设祭坛，所有人按照一定方位排列，在主祭人的指挥下，以信仰的力量默契配合，将图案完美拼合，沉睡的万恶就会苏醒。

如果亡蛹是个学校的校长，或者大企业单位领导，那这事儿可能并不难。可他是个刑满释放人员，根本不可能找到这么多人，能找到的只有自己的狱友，最终，他只找到十二个人。

条件不满足，他就动脑子，想着让包括自己在内的十三个人，把三百一十三个人的事给干了。按他的想法，只要记住图案，大不了每个人多花时间，多记一点。

接下来几个月，他就一边催促狱友们记图案，一边找适合做祭台的地方。合适的祭台要求周围五公里内不能有比它更高的地方。所以，找来找去，终于找到了这个地方——塬上的东曲荒村。

他找到东曲村的村长，说自己想建一个文化园。双方谈好条件，出了十万租金把这里租下来，又花了些钱改造。所有这些钱，都是他找米小兰以创业的名义借的。

半年之后，十三个人已经将图案全都记熟，熟悉到可以直接画下来。万事俱备，亡蛹选了一个合适的日子举行祭祀仪式。

刚开始还顺利，等他上了祭台，指挥其余十二个人开始拼合图案时，所有人都听见了一个难以名状的声音。

那绝不是这个世界上任何一种生灵所能发出的声音，仿佛来自十八层地狱下的无边苦海深处。只是一瞬间，在场所有人就失去了知觉，等醒来后，发现除了亡蛹之外，其余十二个人，全都变成了形如朽木的老人。

这时我才明白，为什么在莞尔公司办公室里，有那么多老人。

亡蛹接着说，结果虽然无法接受，但木已成舟，唯一的希望，就是想办法完成祭祀仪式，假如真能召唤出传说中的万恶，作为信徒和功臣，他们应该会得到回报。

于是，他绞尽脑汁，终于想出这个李代桃僵的计划。他精心测量方位，在长安南郊，圈定了三百一十三套房子，开始实施一个让人毛骨悚然的庞大计划。

他先找瓷砖厂合作，按照遗蜕图案，高价定制了三百多套仿石材拼图。接着开始不择手段地承揽装修工程。

他选定的地段属于新开发区，那里几乎都是新社区，装修需求量大。可是计划虽然简单，但实施起来难度还是非常大。所以，除了自己低价接活儿之外，他还高价从别的公司手里买项目，甚至还自己买过几套房子，装修好再折价出售。

说来也怪，计划的实施竟然越来越顺利，亡蛹把这归结为"神助"，是神对自己虔诚的奖励。两年下来，圈定好的三百一十三套房，他竟然已经装了近二百五十家，其中就包括白利泉买的房子。

让他难过的是，在这两年里，他那合作的十二位狱友，竟然有三位已经老迈去世。惶恐和着急之余，仅有的安慰是，随着电视墙越装越多，他对万恶的感应也越来越强。

我问："难道其他装电视墙的人家就没发现异样吗？"

"有，但谁会把噩梦跟电视墙联系在一起？再说，现代人回家后，坐在电视前面发呆不是正常的吗？"亡蛹反问道。

18　山洞中的嘶吼

亡蛹这么一解释，竟然挑不出毛病。

八斗已无力吐槽，只能感慨道："你还真是个天才！"

亡蛹脸色一黯，说："也不是所有人都会出现金子那种情况，谁能料到这孩子竟然是个拼图迷，天生对拼图敏感，在梦境的诱导之下，竟然痴迷于其中不能自拔。真是造化弄人啊，想不到意外竟然出在我儿子身上。"

他长叹一声："如果不是这个意外，白利泉也不会找你们。"

"你什么时候知道出了意外？"

"图案一遮上，我就感觉到了。每幅图发射的能量场，都会经过我这个主祭人的大脑，所有图案的变化，都会在我脑子里显示。"

我疑惑地问："你不是说必须所有人记住图案，才可以召唤万恶吗？"

亡蛹说："或许是我把遗蜕印记放大了十倍的原因，只要有人坐在墙对面，把精力投射在上面，就会给遗蜕注入能量。"

亡蛹说起这些时，眼神里无悲无喜，像一个普通的老人，在给我们讲述一个久远的故事。

"可是，你怎么变成这样了？"我问。

亡蛹久久没有说话，眼睛平静地看着我，似乎在回忆什么，忽然瘪嘴一咧，笑呵呵地说："这还不是因为你们嘛！"

八斗说："人不行不要怨床不平，别把什么都怨到我们头上来。"

亡蛹摇摇头道："没有怨你们，我只是说个事实。你们一出现，我就知道自己没时间了，就算米小兰不说，我也很清楚你们是干什么的。"

亡蛹能知道我们的身份，这也不算什么意外的事。

我对他说："既然你清楚我们的身份，那你也应该知道，我们并没有能力阻止你。"

亡蛹伸出手，挡住照在他脸上的手电光，说："你们有没有能力我不知道，但我自己不能冒这个险。"

我问："那你就冒险提前启动了祭祀仪式？"

"我能怎么办呢？"亡蛹从嗓子眼里发出一阵哀鸣，"难道任凭这群兄弟老死吗？"

亡蛹说得没错，事到如今，他的确只能舍命一搏。无论怎么说，他做得没错，是这件事错了，从一开始就错了。

"结果怎么样？"八斗急切地问。

亡蛹凄然一笑，指着自己的脸说："这就是结果。"

我问："米小兰怎么样？"

"她没事，是她自己说要见本源，我也算让她如愿以偿了。"

亡蛹说着朝门外走去："你们来这里，不就是想知道发生了什么吗？跟我来，让你们满意而回，不对，回不回得去，就看你们的能耐了。"

我和八斗互相看了一眼，跟了上去。

如果不是亡蛹带路，我们可能永远都不会知道，庙旁边仅容一人侧身通过的岔道后面，竟然别有天地。

穿过茂密的灌木丛后，进入一片婆娑的竹林，幸好我们戴着夜视仪，才能勉强从中穿行。走出竹林便来到一处院落，应该就是那个小女孩说的地方。

天太黑，看不清院子的格局，只看到有一个鱼塘，用手电光照过去，能看到水里有小鱼在游动。

沿着一排古旧的平房来到后院，亡蛹指着远处说："那就是白鹭塬。"顺着他指的方向看过去，对面塬上，有星星点点的灯火，在暗夜里特别显眼。

亡蛹说："你们跟着我，路不好走，小心别掉下去。"说着他就穿过矮墙上的一个小豁口，走了出去。

我们跟出去，才发现墙外竟是一道土崖，深不见底。崖壁上，一条狭窄的土台阶通向黑暗处，台阶大约一尺宽，若是一步踩不稳，就有可能掉下悬崖。

约莫下了三十个台阶后，来到一个平整的土台上。到这里才看见崖壁上开了一个巨大的洞口，隐隐透出闪烁的火光。

一步踏进山洞，我的汗在瞬间就浸湿了衣服。只一步之隔，洞里洞外的温度，相差了至少有十度。长安夏季如火炉，就算是晚上，也得有三十多度，而此时洞里的温度远远高于外面，简直就是一间桑拿房，就连吸进鼻腔的空气，都能感觉到浓浓的烫意。

"你们这是在干吗？火葬吗？"八斗抱怨道。

话音未落，一阵让人汗毛倒立的声音从山洞深处传来，苍老、悠远、冰冷而邪恶，就像一个远古的巨人，在神的火狱中煎熬所发出的嘶吼。

亡蛹突然加快脚步，冲我们喊："快走！"

我们快步跟上去，越往里走，温度越高。几乎快到我能承受的极限时，突然眼前景象一变，出现了让我毕生难忘的一幕。

19　这根本不是万恶

一团污秽的火，悬在半空中，往下滴答着褐红色的黏液，火舌就像长长的丝绸在空中舞动。七个人形肉团蜷缩在地上，瑟瑟发抖，像蜡烛一般，在火焰的炙烤下缓缓融化。

坚硬的焦土地面上，刻着一个巨大的古老符号。打眼一看，这个符号像是某种象形文字，可仔细看，却又像是一组大型机械的蓝图，各种齿轮状的符号密密麻麻重叠在一起。在火光闪烁之间，机械恍惚在缓缓运转，而那种惨厉的嘶鸣声，似乎就是各个"机械部件"运转摩擦所发出的声响。

肉团融化的汁液，沿着符号的沟槽，流淌到火团正下方一个螺旋状的回环图案里，像是在给这台机器加注油料，而那团污秽的火焰，就是这台机器的发动机。

"这是……有机机械？"八斗在旁边弱弱地问。

除了刺耳的嘶鸣，没有人能回答他。

这时候，烟雾深处传来一阵咕噜噜的声音，就像是有人溺水。紧接着，一个人形的东西挣扎着，试图从黏稠的烟雾里挤出来。终于，它摆脱了烟雾的牵绊，也让我们看清了它的模样。

那是一个半透明的人形怪物，只有四肢，没有五官，身体仿佛由黏液凝结而成，它走动的样子，既像在蠕动，又像在流动。

不夸张地说，自我出生以来，已经见过无数个没有脸的东西，可这一个是最让我毛骨悚然的，因为在它光溜溜的脸上，我照见了自己的模样。我当然知道"它"不是我，但看见自己的脸映照在一个怪物的脸上，那种感觉，就像身体里有一万只虫子在钻孔。

这时，一直站在我身后的八斗突然走出来，直直地朝着那个半透明的怪物走过去。而那个怪物看见八斗，竟然伸出手，也摇摇晃晃向他走过来。如此场景落在我眼里，就像在看一幕电影——神情恍惚的八斗一步一步走向"我"，而对面的"我"正张开双臂，欢迎他走来。

"囝——压——吒——"情急之下，我大喝一声。

只见八斗浑身打了个激灵，停住脚步，转头看了我一眼，猛然抬手朝自己的脸啪啪抽了两耳光，冲着对面的怪物"呸呸"吐了两口，像复读机般破口大骂："王八蛋，王八蛋，王八蛋……"

那个怪物似乎被骂得一愣，我刚想伸手把八斗拽回来，异变突生，山洞深处缭绕的绿色烟雾忽然向我们翻涌过来，就像大浪一般吞没了大部分空间。一个令人牙根发酸的声音从四面八方传来，就像有什么东西在啃噬钢铁。

可以这么说，如果不是因为职业身份，我会毫不犹豫就转身逃离这个让人不论精神还是肉体都深受折磨的地方。

随着声音越来越响，越来越近，我仿佛感觉有一个巨大的"钻头"，正从不知名之处破空而来。就在情势几乎让人崩溃的时候，磅礴而浓稠的烟雾一阵搅动，一只畸形的爪子探了出来，它绝无仅有的畸变形状，让我猛然想起，自己曾见过这个东西。

它有十二个趾，长短不一，前长后短，就像在一个婴儿的手心里，又生出一只成人的手，通体生满金属般蓝幽幽的鳞片，缝隙里涌动着铁浆般的汁液。

它刚一出现，就抓住那个无脸怪物的头，我顿时感觉头疼欲裂，就像它尖利的爪子已经刺破了我的头骨，我感觉自己身体里有些东西正在被抽空。而我面前的八斗也抱着头，痛苦地蹲在地上。

那个长着我的脸的怪物，被爪子巨大的力量撕扯得越来越长，而它却毫不屈服，半透明的脚就像一棵树，深深扎在坚硬的焦土里。最终，那个畸形的爪子占了上风，无脸的怪物，生生从土里被拔出来，拽进浓密的烟雾里，随着爪子一起消失了。

整个煎熬的过程可能还不到一分钟，我却像在地狱里走了一遭，如果不是有过极端训练的经历，我完全不可能强睁着眼看完这个过程，而是会像此时的八斗那样，半蹲在地上，抱着脑袋，蜷缩成一个虾米。

我相信在八斗的眼里，那个无脸的怪物，一定是他自己的模样。我赶紧走过去把八斗从地上拉起来，他一脸惶恐和无助，却四处打量，似乎并不知道发生了什么，但看上去神志已经无碍了。

"好看吗？"亡蛹一脸幸灾乐祸地看着我们。

"好看你妈……他们……"八斗这时才看见地上那几个越来越小的肉团，嘴唇颤抖着说不出话来。

"没错，这就是我的老哥们，看不下去了吧？可要不是你们，他们怎么会受这样的苦？"亡蛹的脸，在火光的照耀下，显得无比扭曲。

"够了！"我实在忍不住冲他咆哮起来："我告诉你，这根本不是万恶！"

亡蛹脸色一变："你说什么？"

我一把拽住了他的领子，冲着那张衰老得有些扭曲的脸喊道："这根本不是万恶。"

"那你说，它是什么？"亡蛹甩开我的手，反手攥住我的领子，大声问。

这时山洞里忽然安静了，地上的肉团，流动的汁液，氤氲的烟雾，全都静止下来，就连那团污秽的火焰，都像被冻结在空中，似乎所有的东西，都在等我说出那个名字。

20　消失于虚空之中

我沉默了，沉默只因害怕，我不敢说出那个名字。我知道自己一旦说出，不仅是我，还有这里的所有人，这个山洞，包括头顶上的荒村，甚至这座古塬，都可能化为灰烬。

我的汗水像决堤般倾泻，心脏怦怦跳动，太阳穴鼓胀，就像要爆炸一样。看着眼前这一切，我心里一阵虚弱，缓缓闭上眼，我屎了。

山洞里骤然恢复"生机"，火舌缭绕，继续舔舐着地上颤动的肉团，那台机器又重新"运转"起来。

亡蛹拍了拍我的脸，放开了我的衣领，似乎也松了一口气。

"你们走吧。"他衰弱地说。

"米小兰呢？你把她交给我们，我们马上就走。"我对他说。

"马老师，我在这里。"黑暗深处，传来米小兰清脆的声音。

我心里"咯噔"一声，我们进来这么久，米小兰竟然一直都躲起来没出现，究竟怎么回事？假如刚才她是吓晕过去，可现在听起来，她对眼前如此恐怖的场景似乎并不惧怕。甚至直到现在，她也没有出来。

不容我细想，那几个肉团已经变成了兔子大小，用不了多久，"他们"就会消失殆尽，就像从来没有在这个世界上存在过。

亡蛹干笑着说："马老师，你不肯说，我也不会逼你。俗话说'朝闻道夕死可矣'，那我就自己去看看，究竟什么才是宇宙大道。"

"非得知道吗？"我问他。

"您觉得我还有选择吗？"亡蛹反问。

这话我无法回答，有没有选择只有当事人自己才知道。求知问道，对未知事物的渴求和探索，可以是人类进步发展的动力，也可能是人类自取灭亡的推力。而且具体到亡蛹，并不只是求知问道这么简单。

亡蛹转头盯着半空中漂浮的火焰，忽然提高声音说："现在轮到我了，兰兰，你出来吧。"

黑暗中，米小兰缓缓走出来。她赤身裸体，在火焰的照耀下，显得既圣洁又妖异。更让人震惊的是，她的腹部竟然微微鼓起，很明显是怀孕了。可是我记得白利泉曾经说过，米小兰因为身体不好，不能怀孕了。

　　不容我多想，米小兰双手捧着自己的腹部，朝我走了过来，她赤裸的双脚踩过的地方，竟然泛起微微的蓝光。她走到我的身边，既没有羞涩，也没有害怕，只是平静地说："马老师，麻烦你们了。"

　　我们目睹亡蛹一步步走向火焰，最终，全身笼罩在火焰污秽的光芒下。他回头看着米小兰，脸上带着安详的笑容说："这下你放心了吧？好好照顾我们的儿子。"

　　在火焰的炙烤下，他的身体以肉眼可见的速度缓缓变为透明，就像一只无形的手在拖动 PS 的透明条。随着绿色烟雾再一次翻腾涌动，那只十二趾的大爪子再次出现在亡蛹的头顶上，却迟迟不抓下来。

　　这时，我听见身边的米小兰轻轻说了一句："金子是我儿子，是我和白利泉的儿子。我们的孩子，在你被抓起来之后，我就做掉了。"

　　我看见半透明的亡蛹，在火光中的脸色变得无比痛苦，似乎想从里面跑出来，可是他却一动都不能动，就连嘴也没办法张开。

　　可怕而丑陋的爪子缓缓向下，抓住了他的头顶，就像拔一个人形萝卜那样，把他拽入了虚空中，刹那间就消失得无影无踪。

　　那团污秽的火焰，明灭闪烁了好几次后，也熄灭了。

　　山洞陷入了一片漆黑，但只是一瞬间后又骤然变亮，我看见那些浓稠的烟雾像退潮一样，迅速向着山洞的深处退去，而那里正是发出光亮的地方。

我让八斗照看米小兰，然后自己朝着那光亮跑去。可惜我的脚步过于缓慢，等我跑到最深处时，刚好看见尽头的洞壁上，一幅闪着七彩光芒的巨大图像，被烟雾污染腐蚀，像铁锈一般剥落下来，飘飘洒洒，化为尘埃。

在光芒熄灭的一瞬，我看见米小兰那件天蓝色的长裙，整整齐齐平放在地上。

回去的路上，沉默了许久的八斗忽然说："老板，咱们这次亏了，我本来想把亡蛹说的那张万恶遗蜕的原图拿回来，收藏在我们仓库里，可惜费了半天劲，一眼都没看到。"

我说："最后一个看过的人也消失了，谁敢看？"

在车后座上，一直不做声的米小兰突然说："我看过。"

"啊？这么牛——"八斗发出兴奋的声音后似乎突然被卡住了脖子，一路上再也没说一句话。

我们把米小兰送回家时，天色已经亮了。离开之前，米小兰突然对我说："马老师，明天我会把钱转到你账上，有些事情希望你能保密。"

我没说话，点了点头就发动了车。走出很远，从后视镜里，我看见那条天蓝色的裙子依然还在原地看着我。

八斗突然问："我们今天的经历，算是超出科学范畴吗？"

"不算，只是超出了我们目前所能理解的科学。"

"那我们能不能去深挖一下，看究竟是什么东西？"

我摇了摇头："不能。"

当然不能，世间万物，大道三千，人类所知晓的只是其中很小的部分，对妄图以自己有限的所知去探求无限的未知这种行为，先贤庄子早就警告过："以有涯随无涯，殆已！"

意思就是，死定了。

皮裤

　　我蹲在毛峰的脚边，拉拉扯扯、抠抠摸摸了大半天，终于确认，皮裤就是长在他身上，如同他从娘胎里出来，就穿了一条黑色皮裤。

1 大歌星想要逆天改命

大约十年前，我认识王有尾的时候，他还在一家保险公司做业务。几年不见，再见时他已经是一家私募基金的合伙人，行为做派与以往迥异。据他自己说，每天下班后不花一万块钱，就百爪挠心。

在此期间，他来找过我几次，每次上门都会带着礼物，不是好烟好酒，就是名贵茶叶。目的单纯，让我介绍有钱人给他做业务。我看他为人不错，就介绍过几个人给他，至于后来有没有做成，我没有问过。

去年夏天，我通过他的朋友圈，知道他老板携款跑路了。这样的新闻司空见惯，不足为奇，只是想起他，就发了个信息问候。他一直没有回音。接下来一段时间，我出了几趟门，在无支祁和奢比尸手里死里逃生，心力交瘁，就把他的事搁下了。

前几天，他主动联系我，说有急事要见面。虽然公司倒了，但他的礼数不倒，来时给我带来一盒十年的老白茶。我问起他私募基金的事，他含混地说了几句，似乎不想提起，我也就识趣地专心泡茶。

一道茶过后，我见他不开口，只好主动问他来意。

他迟疑了片刻，压低声音问我："马老师，你知道毛峰吧？"

"知道啊，黄山毛峰，中国十大名茶嘛。"

"不是茶，是人。"

"那我不认识。"

"就那个——"他说着就唱起来，"我要上九天揽明月，我要下五洋捉土鳖……"

"哦哦。"虽然名字不熟，但这歌我还是听过的。

"就他，我好大哥。"

"哦，啥事儿？"听他讲话这种街溜子语气，我突然丧失了聊下去的兴致。

王有尾是聪明人，自然看出了我的态度，尴尬地说："马老师你不会觉得我在胡吹乱嘚吧？毛峰真是我好大哥。"

我给他把茶续上，淡漠地说："你直接说事儿吧。"

王有尾被我的态度搞得有些紧张，也不管新茶烫嘴，端起来一口喝了。

据他说，前两年私募基金收益好的时候，圈里的人都玩德州扑克，说是学习风控，其实就是钱烧得想赌博。开始只是在自己公司玩，后来竟然专门飞到澳门去。王有尾说，自己就是在澳门的牌场上认识了歌星毛峰。同一个桌子上玩了几次，互有输赢，一来二去，两人成了朋友。

毛峰唱摇滚出身，前期只是个玩乐队的，后来签了家大唱片公司，迅速转型成饱经沧桑的全民励志歌手。有那么几年，不论街边发廊还是苍蝇馆子，到处都在放他的歌。

走红带给毛峰的不仅是名声，还有他的妻子绿衣。绿衣是知名女演员，不顾多方唱衰，高调嫁给了毛峰。这桩婚姻，也让毛峰在娱乐圈风头一时无两。

王有尾说到这里，停顿了一下。

一年前，一次车祸让毛峰的上升劲头戛然而止。他的跑车跟一辆闯红灯的水泥罐车相撞，跑车当场报废，万幸毛峰本人无事。俗话说，大难不死，必有后福。然而自此以后，毛峰的事业却急转直下。

先是新录好的唱片母带失窃，被人传到网上，损失巨大。接着是拍 MV 出外景，铁桥断裂，整个摄制组落水。而最严重的，是轰轰烈烈的"峰毛麟角"全球巡回演唱会，才启动第一场，就遭遇看台垮塌事故，现场死伤数人，引发社会问责，后续演出全部取消。

由此还引发了一系列负面效应：代言产品下架，品牌停止合作，好几档节目宁肯赔钱也要毁约。

一夜之间，毛峰的事业陷入了停顿。

王有尾一口气说了这么多，似乎有些疲惫，他停下来看着我，眼神里满含期待。

我能说什么呢？只好感慨一句："真是够背的。"

我这么说似乎非常出乎王有尾的意料，他张了张嘴，却没说出什么来。沉默了好一会儿，才长吸一口气，表情凝重地对我说："马老师，明人不说暗话，我这次就是代表我的好大哥毛峰，向您求救来了。"

"向我求救？"我笑着说，"我一不算命，二不改运，三不看风水，四不批前程。你们找错人了吧？"

"马老师，您要这么说就没意思了。其实来找您之前，我们把国内能找的各种大师都找遍了，钱是没少花，但一点儿用都没起……"

我赶紧开口打断他的长篇大论，说："天道有常，有一兴，必有一衰。非要迷信，或许就是他命中的福禄用完了，急流勇退，也是一种选择。"

"但如果不想退呢？"

"这世上或许有能逆天改命的人，但肯定不是我。"

王有尾被我噎住了，但可以看出，他还是不甘心。

我只好给他个台阶下："这样吧，瑶池宫的梁道长，你应该听说过，他修行有成，你去找找他，或许有用。"

王有尾看着我说："马老师，我来找您，就是梁道长介绍的。"

"呃……"话说到这分儿上，就有些尴尬了。

王有尾看我要起身送客，赶忙从自己插着华子的小皮包里拿出一个牛皮纸信封，很郑重也很急切地递给我说："马老师，您看看这个东西。"

2 维斯台登花纹

信封几无重量，像是空的，但里面的确有东西。

那是一小块灰黑色的"布"，一寸见方，又轻又薄，边缘不规则，像是被撕下来的。打眼看上去，这块布没什么特别的地方，但仔细察看后，我发现了些不同寻常的东西。

这一小块布上，竟然布满了细小的维斯台登花纹，这种花纹不该在织物上出现，它属于来自群星之间的陨石。

因为面积太小，我担心自己看错，就把八斗叫来，让他扫描后放大看。八斗刚跟女朋友吵完架，心情不好，嘟囔着抱怨："这么点儿黑皮，有啥好看的。"

"黑皮？"我心里一动，马上又叮嘱，"顺便让小巩化验一下材质。"

看我煞有介事的样子，王有尾一脸懵逼，问我："马老师，您刚说的是啥台灯？"

"维斯台登。"我简单地给他讲了讲维斯台登花纹。

维斯台登花纹是铁陨石上特有的纹理。铁陨石主要成分是铁和镍，形成两种矿物——铁纹石和镍纹石，铁纹石是条带状，镍纹石是细纹状。所以陨石的剖面上会出现两种纹理交织的特殊花纹，就是维斯台登花纹。

它是宇宙洪荒之力直接作用于小行星的产物，神奇而不可思议，以人类目前的科技水平，完全没有可能复制。

王有尾听得瞳孔忽大忽小，想提问却不知道如何开口。幸亏八斗进来了。

"老板，你眼睛贼毒，那块皮上真是维斯台登花纹。"

"是皮吗？"我问，"什么皮？"

"可以确定是某种生物的皮，但具体是什么，小巩还在查。"

"别查了，山羊皮。"王有尾说。

"你怎么知道？"

"皮裤上剪下来的，当然是羊皮。"

我看王有尾还有话想说，却碍着八斗在场，没说出来。我只好让八斗先出去。

王有尾这才说："马老师既然知道毛峰，就应该知道他爱穿皮裤吧？"

"这事儿中国人应该没有不知道的吧？"我这么说带有夸张成分，但八亿网民都应该知道毛峰的皮裤梗。娱乐明星，爱穿皮裤的不少，但像毛峰这样不论寒暑都裹着皮裤的，绝无仅有。

"这就是从他皮裤上剪下来的。"王有尾说。

"你说什么？"我忍不住哈哈大笑起来。

"真的，这真是从毛峰皮裤上剪下来的。"王有尾急切地说。

我强忍住笑，刚想问他为什么要这么做，忽然听见八斗透过门缝叫我。

我走到外间，关上门问八斗："怎么了？"

"有点儿不好的发现，你听了可不要害怕。"八斗长得本来就严肃，此刻脸色凝重，像个中学政教处主任。

小巩端着一个金属托盘走过来，那一小块黑皮浸泡在浅绿色的液体里。她表情怪异地对我说："马老师，咱又摊上事儿了。"

"究竟怎么回事儿？"我一头雾水。

小巩轻咳了一声："这是人皮。"

"呃——还有呢？"我觉得以小巩的经历来说，只是人皮不至于如此。

"的确不只是人皮，"小巩说，"我尝试把它分层剥离，总共剥出四层，一层山羊皮，两层人皮，分属不同的人，还有一层材料不明。"

"维斯台登花纹在哪一层？"

"在那层不明物上。"

"是无机物吗？"

小巩摇摇头："不知道，查不出来，跟任何溶液都没反应。"

"哦？"我心里一动。就算是陨石，多数成分也是已知物质。虽说不明物质我见得不少，但出现在一条皮裤上还是前所未有。

"是蛊术吗？"八斗问。

我没有回答，径直返回里间，对王有尾提出要求："我要见毛峰。"

王有尾不说话，能看出他正在做思想斗争。犹豫了半天后，他唯唯诺诺地问我："非得见面吗？我可以把他的八字给你。"

"八字？"我忍不住笑了。

我在想要不要把"人皮"的事告诉眼前这个冒失的年轻人，但为了避免他的呕吐物污染我的茶桌和杯子，还是隐瞒了实情，但明确告诉他，如果毛峰想解决问题，必须来见我。

王有尾见我如此决然，没有多言，说马上去跟毛峰商量，尽快给我回话。

他刚走，八斗就进来警告我："老马，我刚才跟小巩商量了一下，这个事儿我们不能沾。"

"为什么？"

"这一看就是娱乐明星用黑巫术改运被反噬了，来找高人破局的。"

八斗的猜测没错，明星用黑巫术改运，早已成为公开的秘密。网上关于这方面的爆料非常多，虽然大部分都是网友胡编乱造，但空穴来风，必定有因。毛峰这种小众歌手，突然暴得大名，必然有不为人所知的原因。但这种隐秘的事，只要当事人没有公开承认，再多的猜测也仅仅是猜测，可当事人怎么会公开承认呢？

如果是普通的黑巫术，我自然不会去沾这个因果。且不说术业有专攻，就算我真懂，我也不会管，因为贸然插手引发的后果，不是谁都能承受的。

3 想死却死不成

五天后的一个下午，我见到了毛峰。

我们见面的地方，在终南山中一处农家改建的民宿里。因为不是周末，静雅的民宿只有我们一拨人。王有尾介绍说这是他一位朋友开的，十分安全。我想他说的安全包含两层意思：一是没有人来打扰；二是我们说什么做什么，都不会有人传出去。毕竟毛峰这样一个大明星，一旦被人认出传出去，粉丝和记者就会蜂拥而至。

毛峰跟电视里没两样，身材瘦削，一身黑色皮衣，黑色的棒球帽遮住一半脸，嘴角带着微微的笑意。我们握手的时候，我明显感到一阵彻骨的凉意从他手掌上传来，竟然让我忍不住打了个寒战。

坐在茶室里，我们寒暄了几句，就各自喝着茶，陷入良久的沉默。我不是歌迷，自然没什么要说的，而他似乎还没想好要跟我说什么。王有尾坐在旁边，几次开口想打破沉默，但最终还是没说出来。

大约十分钟后，毛峰忽然说："马老师，我们出去走走吧。"

我点点头，站起来。王有尾也站起来，毛峰却对他说："你帮着安排一下晚饭，我们晚上一起喝点儿。"王有尾点点头，又坐了回去。

我和毛峰一前一后出了门。民宿位于大山深处，偏僻幽静，四望都是茂密的灌木丛，只有一条勉强容一辆车通过的石子路，蜿蜒通向山外。

院子里绿草如茵，草坪上摆放着两张老磨盘支成的石桌，旁边随意放着几个潮湿的原木墩子，已经发霉泛绿。我们踩着石板小路走出院子，沿着左手边一条狭窄步道往山里走了几十米，越过一片浓密的灌木丛后，豁然开朗。

如此大山深处，竟然有一处人造园林，但仔细看，似乎有被拆除的痕迹。还没容我猜测，疑惑就被解开。一块两米高的青石碑上注明："云横别墅，建于 2012 年 3 月，于 2018 年 10 月拆除。负责人：于存忠"。

"这应该就是被拆除的秦岭别墅吧？"毛峰突然问我。

"应该是。"我顺着他的话说。我知道这并不是今天的主要话题，既然他开口了，就肯定要说下去。

果然毛峰从口袋里掏出一盒万宝路香烟，递给我一支后，他自己也点上一支，深深地吸了两口，长吁一声问："马老师听过我的歌吗？"

我实话实说："听过，但听得不多。"

"您听过的应该是《揽月》吧？"

我尴尬地笑了笑说："我还真不知道歌名。"

毛峰毫不在意，自顾自地说道："这是我最火的一首歌了，

长安未知局·古神遗蜕

2008 年 7 月 23 日首发，荣居当年最受欢迎十大金曲榜榜首。这也是我第一次获得大奖的歌，当年还因此上了春晚。"

他忽然转头看着我，脸色变得异常难看，甚至有些咬牙切齿地说："就因为它，我才落得今天的下场。"

斜阳透过群山的间隙照射进来，刚好打在他的脸上。我看见一个黑色的影子，像只老鼠，从他脸上窜过，只一瞬间就消失了。我下意识抬头看天上，并没有看到我期望中的那一只飞鸟。

"您也看见了吗？"毛峰没头没尾地问我。

"什么？"

毛峰凄然一笑，他的笑容如此可怖，我从未在一个活人的脸上见过这样的笑容，就算我用尽所有的词，也无法形容那种笑。如果非要找一个合适的词，那就是绝望。但绝不仅仅是绝望，还有痛苦、悲伤、恐惧、无奈、悔恨，等等。

"一年了，整整一年了，我时时刻刻都想着死去，甚至已经无数次尝试过死亡，可是仍然活生生地站在您面前。马老师，您知道求死而不可得的滋味吗？"他说着，眼泪像一颗颗铁水，在脸上凝重而缓慢地流淌，我仿佛能听见它与皮肤摩擦时发出的嗞嗞声。

你简直无法想象，一个在电视里铁骨铮铮的七尺汉子，此刻就在我面前失声痛哭。他喉咙里传出的声音，像是体内有一个专门剥杀野兽的屠场，他每一声悲切的哭声，都是一只野兽临终前的呜咽。

我一时有点儿茫然失措，总不能把他拥在怀里安慰吧？

幸好，他情绪失控的时间并不算太长。几分钟后，他停止了哭泣，拿出面巾纸擦掉眼泪。颤抖着又点了一支烟，猛吸了几口，才渐渐恢复了正常。

我想，我总得说点儿什么吧？跟他要了一支烟说："人生总会遇到些坎，过去就好了。"说完之后，我忽然非常鄙视自己，什么时候变得这么油滑，一张嘴就喷鸡汤。

不过毛峰并没有介意，他盯着我看了一会儿，突然笑了，说："马老师，我说实话，您不要在意，我也不知道自己为什么会来见您。在来之前，我犹豫了很久，但最终还是来了，或许是带着一种死马当作活马医的心态吧。不过见了您，我并不后悔，也不知道为什么，我总有一种找对人的感觉。"

我也笑着摇了摇头，对他说："直到现在，我都不知道究竟发生了什么事，别抱太大希望。"

谈话忽然变得轻松起来，我们蹲在亿万年形成的硅化木上，看着面前的终南山。我告诉毛峰，有一种隐秘的说法，不是来自历史记载，而是来自民间语言。终南山的终，在当地一种罕见的方言里，读作"去"，终南山，其实是去南山。道不行，去南山。包含着儒家"用舍行藏"的意思。我其实是想告诉毛峰，如果世界还需要你，你就积极努力去干；如果不需要了，该过气就过气，不要执着。

毛峰是聪明人，自然听懂了我的意思。

他长叹一声说："我倒是想退，可是已经来不及了。"

"嗯？怎么讲？"我知道故事终于要开场了。

毛峰猛然站起来，拉开外套的拉链，把印着香奈儿LOGO的黑色T恤拉起来，解开皮带……这一系列动作行云流水，一看就是熟练工。

"马老师，您来看！"毛峰拉着他名满天下的皮裤，让我看。

4　长在身上的皮裤

毛峰如此怪异的行为，让我有点儿不知所措。成年以后，我还没有专门看过一个男人裤子遮挡的部分。但看他诚恳而急切的眼神，我只好站起来，过去瞅了一眼。

不瞅不知道，一看吓一跳。

我该如何形容我的心情？可以做个比较，很多年前，我在日本海上头一次见到牧鲸人时，都没有这般惊骇。

那是一条皮裤，又不是一条皮裤，是一层灰黑色的皮，长在毛峰的下半身，严丝合缝，违和而又贴切。

我见过无数奇形怪状的东西：有浑身长满绿草的泰迪；有变成蚂蚁生活在地下的人；有化作岩石的万古长生者；也有因肉体衰朽后，不得不借生在大漠砍头柳里的非人生物……但我从未见过，一个活人竟穿着一条长在肉体上的皮裤。而此时此刻，他就站在我面前。

我忍不住揪住皮裤一角，想帮他扒下来，可是裤子纹丝不动。我蹲在毛峰的脚边，拉拉扯扯、抠抠摸摸了大半天，终于确认，皮裤就是长在他身上的，如同他从娘胎里出来，就穿了一条黑色皮裤。

我注意到在其腰部肚脐下偏左的位置，有一块伤疤，像是蹭掉了一小块皮。

我头皮一阵发麻，我认出那块伤疤的形状，就是几天前王有尾来见我时，信封里装的那块黑皮的形状。我下意识在毛峰还算结实的肚皮上使劲捶了一巴掌。

毛峰被我捶得向后退了一步，问："看清楚了吗？"

我没有回答，脑子里迅速梳理了已知事实，同时大脑飞速旋转，想在记忆库里调出类似或相近的档案，却一无所获——这是个新课题。

我强制自己暂停联想，在彻底了解此事之前，不再做任何无谓的猜想。

天色渐晚，初秋的深山里有了阵阵凉意。

毛峰穿好衣服，又点上一支烟，向我讲起此刻写起来依然毛骨悚然的故事。

关于2008年以前，毛峰没有讲太多，只是简略地说起他在上学期间组了乐队，虽然在圈子里得到一些赞誉，也留下几首不错的作品，但乐队总是在温饱线上徘徊。

一直到2006年底，事情出现转机，一家国际知名的唱片公司看中了他的唱作能力，想与他签约，但只签他一个人，而不是整个乐队。经过一段时间的内心折磨，毛峰终于接受了这个后来让他后悔莫及的条件，退出乐队，独自与大公司签约。

签约之后，从人设到形象，他都接受了公司的重新包装。但随后发布的几首新歌，虽然公司大力推广，但效果并不好。同时，毛峰早期的一些负面新闻被媒体挖出来炒作，甚至影响到了整个公司的声誉。公司内部对他的态度也有分歧，甚至出现与他解约的传闻。签约八个月后，毛峰身心疲惫，孤身一人前往甘南旅行。

正是这次旅行，让他的人生发生了天翻地覆的变化。

旅行的前半程，毛峰没有细说，大概跟普通旅游差不多。转折发生在 2007 年 8 月 19 日。

当天上午，他在甘南舟曲乘坐一辆小巴前往白龙江畔时，因山路崎岖湿滑而翻车，小巴坠入山涧。当时，车上除他和司机外，还有五个乘客——四个当地山民，一个山东来的女游客。车辆翻滚时，毛峰一头撞在车顶上，眼前一黑，晕了过去。

不知道过了多久，等他醒过来的时候，周围死寂无声，眼前漆黑一团。他试着动了动身体，虽然浑身酸痛，但还算自如，似乎并无大碍。

可当他挣扎着想坐起来时，头却再次撞在了石头上，幸亏撞得不厉害，只是眼前直冒金星，疼痛让他晕乎乎的脑袋瞬间清醒了过来。

他下意识觉察到自己已经不在车里了，伸手向上一摸，果然是冰冷的岩石，而前后左右却空无一物。他首先想到的是掉进了山洞，但转念又觉得不对。如果是山洞，应该上方是空的才对，目前这种感觉，像是被横着塞进了石缝。

他在身上摸索了一遍，手机早就不知去向，万幸裤兜里的打火机没丢，赶紧掏出来点亮，借着微弱的光线，终于了解了自己所在的位置。

这是一道低矮的石缝，高度不足一米，可是横向却很宽敞，火机的微光不足以照亮所有区域，四周依然一片漆黑。毛峰翻过身来，但石缝的高度只适合爬行，可该往哪个方向爬呢？片刻之后，他想通了，无论往哪个方向，都比待在原地强。

于是，他随便选了一个方向，向前爬行。按他自己的估计，爬了约莫半个小时，打火机的油已经快燃尽，可前方还是没什么变化，似乎无边无际。

毛峰又累又饿，膝盖生疼，只好暂时熄灭了打火机，躺在地上休息。

突然之间，他回想起一路爬行，心里一阵发凉，伸出手在石头上摸索，越摸越恐惧，越摸越胆寒，一路爬过来的石头，竟然像水磨石地面一样平整光滑。不光是地面，就连头顶上的石头也是如此。

倘若这是天然形成的，简直是鬼斧神工般的奇迹。可如果不是天然的，又是谁动手打磨的呢？毛峰被自己的想法吓坏了，他突然丧失了再次点燃打火机的勇气。

就在这时候，黑暗中似乎传来了某种声响，他竖起耳朵听了半天，也无法判断声音是从哪个方向传来的，但听起来，就像是有一群人在砍木头。

毛峰心想，这一定是森林里的伐木工，或者上山砍柴的当地农民。于是无比激动，大声叫起了"救命"。一连喊了好几声，远处的伐木声却消失了。毛峰又叫了几声，黑暗中再无动静，似乎那伐木声从来没有出现过。

这时，他听见黑暗中有窸窸窣窣的声音，似乎有东西在向自己靠过来。莫非是伐木工人透过岩缝听见了自己的声音，进来救援吗？他欣喜若狂，赶紧冲着来人的方向大喊："我在这儿，我在这儿……"说着就要打火。或许是火机刚才燃烧时间太长，关键时刻掉链子，此刻竟然打不着了。

他使劲儿甩了几下打火机，正要再次尝试，突然听见耳边传来一声木材断裂的声响。一种毛骨悚然的感觉充斥他的全身，他终于还是打着了火。咔嚓——火焰冒起来。

那些黑暗中的东西，让毛峰差点背过气去。几颗形态可怖的猪头，出现在毛峰面前，眼睛死死盯着他。毛峰说："那不是猪，是长了猪鼻子的人。"

5　长了猪鼻子的人

在一阵徒劳的撕扯中，毛峰被那群"猪人"抓了起来。

直到这时他才晓得，自己听到的伐木声，竟然是这种猪头生物发出的声音。它们似乎能像人一样交谈，但在毛峰听来，只是木柴噼里啪啦的碎裂声。

一个猪人用四肢把毛峰紧紧夹住，然后平躺下来，让毛峰趴在它怀里，一股腐蚀皮革的刺激味道直蹿他的脑门。此时，他已经放弃了反抗，在这样的环境里，反抗徒增变故。紧接着，毛峰觉得自己飞快地动起来，不是自己动，是身体下面那个猪人在动。那个猪人被一股巨大的力量拖拽着，像冰车一样，在光滑的石头上滑行。根据风速，毛峰感觉到，速度绝不比拼命蹬单车慢。

滑行了至少有一个小时，前面隐隐出现了光亮，不过并非太阳光，明暗闪烁，应该是火光，还隐约传来水流声。再往前一些，毛峰注意到，除了在自己身下当车的猪头人外，另外还有四个，两前两后，前拉后推，充当"轿夫"。

借着微弱的光线，毛峰看清了猪头人的样貌，除了猪鼻子以外，脸上其他部分与人极为相似，比《西游记》里的猪八戒还要像人。身材体貌也跟普通人相似，只是身上全是疙里疙瘩的遒劲肌肉，粗粝的皮肤上，稀稀拉拉长着坚硬的猪鬃，只有脑袋上的鬃毛又粗又密，一尺多长，略微卷曲，披散在脑后。手脚的指头长成瘦长而尖锐的爪子，指甲很长。

在距离光源二三十米的地方，猪头人停下来，又开始了奇异的交谈。毛峰竖起耳朵，企图通过它们的语言找出脉络，却一无所获。因为那种语言，在人类听来并不是语言，纯粹就是斧头劈砍干柴的声响。它们交谈了一会儿，似乎决定了什么，放开了毛峰。

五个猪头人围着毛峰，蹑手蹑脚，缓缓爬行，一尺一尺接近光源，似乎那里有什么让它们害怕的东西。毛峰注意到，光源是一个细长而齐整的裂口，就像一扇躺下来的长条大窗户。越靠近那道裂口，猪头人爬行得越慢，到最后几米，简直是一厘一毫在蠕动。

看着它们瑟瑟发抖的样子，毛峰竟然有些可怜它们，同时，他急切地想看到那裂缝后面究竟有什么怪异的东西。趁着几个猪头人恐惧，速度减慢，他猛爬几步，爬到了裂口边缘。猛一探头，差点烤晕过去。裂口外面竟然是一处巨大的岩浆瀑布，上方不知从何处涌出的岩浆飞流直下，落入了下方的万丈深渊，那是一种无法言喻的壮丽之美。

毛峰看了一眼，只看了一眼，就立即把脑袋缩回来，内外毫厘之距，温度天壤之别，裂缝内阴凉潮湿，裂缝外炽热如炼狱。

那五个猪头人，在距离裂口一米处，趴伏在地上，不敢过来。

它们看着毛峰，十分惊异，互相"劈了几句柴"，其中一只竟然冲着毛峰打起手势。它的手势极其怪异，就像霹雳舞里的机械舞，有一种很强的滑稽感，但毛峰看不明白，只好做了个摊手的动作。猪头人似乎十分愤怒，劈柴声越来越大。

正在此时，裂缝外传来一声远洋轮船汽笛般悠长的声响，还夹杂着一种似乎从远古洪荒时代就开始念诵的咒语。那些猪头人顿时五体投地，脸埋在双臂之间，身体战栗如筛糠一般。毛峰十分惊异，究竟有什么让猪头人如此害怕？他再一次把头转向裂口。这一看，就像进入一个亘古的噩梦，再也没有醒过来。

毛峰看见了什么，他坚决不肯说，理由是这跟后来发生的事没有太大关联。我也不能强求，只好听他继续说愿意说的那部分。

他再次醒来时，已经离开那个光滑的裂缝，到了另一处怪异的地方。他花了好长时间，直到现在，也无法确认那里是不是一处山洞。如果说是，但没有看到洞壁和顶板；如果说不是，既没有看到太阳，也没有找到群星和月亮。点亮那里的，是一处喷涌的火山。

他所在之处，是一个足球场般大小的石台，后来他才知道这是一处祭台，至少有十层楼高，用坚硬的玄武岩筑成，表面光滑平整，绝非天然之物。

但如此高大的祭台，在百米开外那口双耳巨鼎面前，简直可以忽略。那口巨鼎就像一座平地崛起的山峰，朴实而粗壮的三足下，一座火山喷涌着岩浆，烈焰蒸腾，金乌飞舞，鼎内像是在烹煮着什么可怕的东西，发出一阵阵闷雷般的咕嘟声。

毛峰爬到祭台边缘往下看，忍不住惊叫起来。祭台下方，巨大的广场上，密密麻麻跪满了猪头人，有上千——不，上万个，甚至可能更多。就算是这么多人，跪在一口沸腾的巨鼎面前，也显得无比诡异，何况是不知道什么物种的猪头人。

其实在毛峰说出猪头人和伐木声的时候，我就已经判断出它们是什么物种，但此刻我只是个听众，并不想插太多话。

那些猪头人虔诚地跪在地上，双臂抱在胸前，脑袋下垂，默然无声，偶尔有一声干柴爆裂的声响就被窸窣的斥责声压了下去。这时候，更诡异的事物出现了。祭台下的阴影里，走出来三个白色的"东西"，它们有人的形态，却绝不是人。每一个身高都在三米以上，浑身苍白，没有体毛覆盖的身体瘦骨嶙峋，几乎就是一层白皮包裹着竹竿。它们佝偻着背，脑袋也是又细又长，面目非常模糊，似乎没有五官。这些东西虽然长了大长腿，可是走路却像戏台上的青衣，挪着小碎步，看起来无比滑稽。

或许是这种滑稽感抵消了一部分内心的恐惧，面对如此景象，高处的毛峰竟然看得津津有味。从他的角度看，那三个"竹竿人"就像是猪倌巡场，在猪头人中间走来走去，那些猪头人看见它们，似乎非常畏惧，头也越垂越低。

没过多久，场上又出现了新东西。四个臃肿肥大的白色侏儒，抬着一个人从暗处走出来。那些侏儒，每一个都像是由六颗大小不一的肉球组合而成，身体最大，脑袋稍小，胳膊和腿最小，面部五官齐备，却有一种非人类的残忍表情。

"放开我——放开我！"

毛峰耳边忽然传来久违的属于人类的声音和语言，仔细一看，声音来自那个被侏儒抬出来的人。他立刻就认出了那个人，不是别人，就是跟自己一起乘车摔落山崖的女游客。如果是在别处，他就算认出，也决然不会想跟她有任何关系。

可是此刻，在这地狱般的诡异世界，看见任何一个人类，都比在正常世界见了亲人还要亲百倍千倍。看着她被几个侏儒怪物像拎麻袋一样拎着，毛峰忍不住大喊一声："放开她！"

在场所有人和不是人的东西，全都猛然仰头望向他。

6　其实我已经死了

毛峰讲到这里，身体下意识打了个寒战。

此时天已经黑了，夜鸟归巢，半山的灌木丛里发出扑簌簌的声响，小石子沿着山坡滚落下来，甚至有几粒滚到我们脚下。民宿透出的微光穿透丛林，一声干咳打破了寂静。

"马老师，毛哥，回来吃饭了。"王有尾的喊声在黢黑的山谷里响起。

晚饭是正宗的关中农家菜，一盘煎豆腐，一盘炒魔芋，一盘黄瓜面筋，一份烤得焦黄的热锅盔，还有黄澄澄的苞谷汁。

"喝白的，还是啤的？"王有尾问。

"在山里还是喝点儿白酒吧，您说呢？"毛峰看着我。

"行。"我说。

吃饭的时候，毛峰话不多，反而是王有尾喝了酒，一直在旁边聒噪。无意间，他提起毛峰的那次车祸。当时那辆豪华跑车已经被撞得完全变形，所有人都以为毛峰肯定遭遇了不测，想不到第二天，毛峰就生龙活虎出席了活动。王有尾一边说，一边啧啧称奇。

这时候，半天没说话的毛峰，忽然冒出一句："其实我已经死了。"

我和王有尾面面相觑，不知道他这话是什么意思。

毛峰顿了一顿又说："可是我又活了。"

这话，就连王有尾都没办法接下去，他愣了一会儿神，端起酒杯说："好了，不说死啊活的，能喝酒就行。"

我们干了一大杯，毛峰突然凝视着我问："马老师，人如果死不了是什么感觉？"

本来关于"不死"这个话题，我有很多可以说的，此刻却一句也说不出来，或者说那些惊世骇俗的事物，并不适合在这样的场合说起。与其应付，不如不说。

毛峰再次露出那种凄笑，他说："有尾是好兄弟，有些事情本不该瞒他，但我担心的是把他牵扯进来。"

"毛哥你说这话，就不把我当兄弟。"王有尾扯着嗓子喊，显然此刻他已经成为酒神座下的信徒。

毛峰轻轻摇了摇头，说："你喝多了，希望接下来我说的所有话，你都当作一场噩梦，明天酒醒以后就忘了吧。"

王有尾还要聒噪，被我拉住，只是嘟囔了几句，就安静了下来。

根据毛峰的描述，当他发出叫喊后，那些古怪的生物只是跟他对视了一眼。这时他才看清，那三个竹竿人的面部跟它们的身体一样苍白，并没有显著的五官，只是隐约有些五官状的纹理，但他并不能确定那就是五官。而那四个臃肿的侏儒，竟然咧开大嘴，朝他残忍地笑着。虽然还有些距离，光线也不够充足，可毛峰还是清楚地看见它们嘴里没有牙齿，空空洞洞。反而是那些猪头人一脸惊恐，跟人受到惊吓的样子十分相似。

那个女游客也发现了毛峰，她一边尖叫，一边挣扎着想摆脱侏儒，却毫无用处。

这时巨鼎里发出异样的声响，就像有一万只巨型铲子在同时剐蹭锅底。那种令人作呕的声音让毛峰几乎崩溃，他再也顾不上女游客，用手紧紧捂住耳朵，想阻挡声音，可是声音实在太大了，就连身下厚重的玄武岩祭台都微微晃动起来。

那些猪头人越来越惊惶，直到有人终于崩溃，从地上跳起来，发狂似的乱窜。"竹竿人"想制止，可是越来越多的猪头人集体发狂，它们声嘶力竭地喊叫，宛如一场森林大火。毛峰说，如果那个声音再持续一会儿，他一定会毫不犹豫跳下祭台，加入猪头人的行列——假如还活着的话。

万幸的是，声音只持续了几分钟就缓缓停息，就连先前那咕嘟嘟的闷雷声也一并消失。此时，巨鼎下喷涌的岩浆变得越来越小，才过了一会儿，就再没有一滴岩浆喷出来，只余一个通红的火山口，烟雾氤氲，宛如地狱之门。

猪头人们像是被抽干了精力，通通倒在地上，喘着粗气，看上去像一头头精疲力竭的猪。三个竹竿人看上去特别生气，挥动瘦长的上肢，抽打躺在地上的猪头人，同时发出一种尖锐刺耳的哨声。被抽打的猪头人惨叫着从地上爬起来，重新跪在地上，双手交叉抱在胸前，浑身战栗。

直到所有猪头人都跪起来，那三个竹竿人才挪着小碎步回到祭台下，仰起头，看着毛峰，同时发出一种声音。说到这里，毛峰的眼睛忽然亮起来，他从榻榻米上缓缓站起来，嘴里开始哼一首歌，只有曲调，没有歌词，但听起来似乎很熟悉。

旁边半迷糊的王有尾，竟然也跟着唱起来："我要上九天揽明月，我要下五洋捉土鳖……"原来是这首歌。

但仔细听，毛峰哼的和王有尾唱的有一些明显差异。并非王有尾走调，而是歌曲的原唱者毛峰走调了，他的音调有一种难以言喻的怪异，似乎在某些地方降了调，而在另外的一些地方又升了调，但听起来似乎比那首极度流行的金曲更为丰富。原歌传达的感觉是高亢激昂，自由肆意；而毛峰哼的曲调，少了一些激昂，却多了几分似乎来自远古的苍凉和幽远的哀伤，让人不由联想到蛮荒和星辰。

我正陶醉于那让人浮想联翩的曲调不能自拔，声音却戛然而止了。

"好听吗？"毛峰问。

"好！太好听了！"我忍不住感慨。

"这就是那三个竹竿一样的人唱的。"

"什么？"我再一次被震惊。

"是的，我刚开始听到时，跟你一样震惊。"毛峰说，"不瞒您说，马老师，您是唯一听我哼过这个曲子的人。"

"太荣幸了！"我这么说绝对出于真诚。

毛峰告诉我，在听到这首曲子的一瞬间，他就决定"抄袭"，作为一个音乐人，让如此美妙的音乐埋葬于此是不道德的。

尽管他首先要解决的，是如何让自己活下来的问题。

7 会蜕皮的膛人

就在三个瘦长的竹竿人"唱歌"时，四个臃肿的侏儒抬着女游客，一步一顿，缓慢地走向火山口。那个女游客似乎突然意识到厄运将至，歇斯底里地尖叫着，身体拼命挣扎，当侏儒们从祭台下经过时，女游客看见了趴在祭台边缘瞭望的毛峰，冲他大喊："救救我——"

她绝望到骨子里的求救声，让毛峰心如刀割，虽然他们只是萍水相逢，甚至没说过一句话，但作为同类，他完全了解她的彻骨痛苦和恐惧。

他猛然站起来，前后左右看了一圈，却绝望了。这个祭台似乎是凭空拔地而起的，距离地面至少有三十米高，却没有任何台阶或绳索之类的东西，他虽有救人之心，却连下去的办法都没有。如果一跃而下，这样的高度，存活的可能性几乎为零。

难道就这样眼睁睁看着一个活生生的人被抛进火山口吗？当然不能，毛峰闭上了眼，如此惨绝人寰之事，哪怕看上一眼，终生都会活在噩梦里。可那女子的呼救声却像一把锥子，深深扎进他的耳朵，刺破他的脑仁。就在那一瞬间，他似乎看见自己的脑子在流血，不对，应该是血流成河，一个修罗场般残忍的景象出现在他眼前，似乎在人类尚未诞生的蛮荒时代，大地上到处血雨腥风，无数的猪头人尸体和密密麻麻的残肢断臂，在血河上漂浮。

污浊的天空中，两个庞大到看不清形体的东西，正在纠缠打斗，它们的每一次撞击，都会引发山崩地陷。毛峰无法凝视它们，只能用余光偷瞥。许久之后，他终于隐约认出其中一个闪着火光的，正是自己在岩浆瀑布处看到的那个巨大到让人心惊胆战的神物。而打斗的另一方，毛峰始终没能看清楚，只能看见在漫天尘埃里偶尔露出的部分——一个形态极不规则、随时会变形的灰黑色金属质肉瘤。可无论怎样描述，也无法企及其原本模样的千万分之一。

忽然间，那个笼罩在尘埃里的肉瘤似乎受了重创，从空中跌落下来，横亘千万年的群山轰然倒塌，亿万年的岩石被碾为齑粉，巨大的震动似乎让整个地球都在颤动，剧烈的狂风卷起巨大的石块朝他飞过来。毛峰想躲开，下半身却深陷在血污的沼泽里，眼看小山般的石块就要砸到自己身上，他拼尽全力，猛然一挣，身体就像被气化一样飘出了那个修罗炼狱般的可怖场景。当他睁开眼时，一切都消失了。

不仅可怖的怪兽消失了，烹煮的巨鼎、喷涌的火山、高大的玄武岩祭台也消失了，还有猪头人、瘦长的竹竿人和臃肿的侏儒，全都消失得干干净净。

此时的毛峰躺在一个山洞里，身上盖着一张油腻的羊毛毡。在他身边，是一堆将要燃尽的篝火。他想坐起来，却感觉自己的下半身就像不存在一样，他猛然掀开羊毛毡，袒露在眼前的一幕让他不敢相信自己的眼睛。

他的下身已被剥光，不只是裤子，还有他的皮。他肚脐以下的皮已被全部剥除，肌肉纤维赤裸裸地晾在空气里，不住地渗着血水，简直惨不忍睹。

经过刚才的噩梦，毛峰现在已经不再相信自己看到的东西，他宽慰自己说："这是梦，这是梦……"

一声苍老的叹息从毛峰身后传来，他着实被吓了一跳，赶紧回头去看，幽暗的石壁下，盘腿坐着一个老者，正在默默地看着他。毛峰马上认出，这位老人正是小巴车上那四位山民之一，原来他也活着。他刚想跟老人说话，却从另一个方向又传来了人声："回来吧，回来就好了。"竟然是另一位山民。

奄奄一息的篝火突然重新燃烧起来。这时他才看清，自己前后左右四个方向各坐着一个山民，他们穿着一种毛峰从未见过的衣服，由动物皮毛和织物缝制而成，与之前在车上时完全不一样，衣服上的图案和饰物既精致又粗粝，有一种无法形容的艺术感。

此时的毛峰已经没有了刚才初见"熟人"的欣喜，心里滋生出巨大的不安和惶恐。

"你们是谁？这是哪里？你们想干什么？"毛峰急切地问。

"我们是腊人。"四个人不约而同回答。

"你们是藏族吗？"毛峰问，因为他知道，舟曲属于藏族自治州，因风景秀美，气候温暖湿润，一向有"藏乡江南"的美誉。

四个人同时摇摇头："不是，我们是腊人。"

讲到此处，毛峰忽然问我："马老师，你知道腊人吗？"

史上各类典籍中，关于腊人的记载几乎已经绝迹，世间知道腊人的，不说绝无仅有，但绝不会超过五个人，偏偏我就是其中一个。因为我有一个好老师。

老师有很多名字，但我最习惯称呼的还是李哈儿。关于老师的来历，以及他和我那些恩怨情仇的陈年破事，一本书也写不完。可以这么说，世界上能人异士不少，但能让我叫老师的，也就他一个。

在李哈儿给我讲过的无数奇闻轶事里，腊人算是很特别的一个。腊人自称是上古神兽腊蛇的后裔，自古居住在迭山之脉露骨山终年积雪的裸岩之上。露骨山位于青藏高原、黄土高原和四川盆地的接合部，也是西秦岭的最高峰，斧削四壁，犬牙交错，岩石裸露，状如骷髅，人迹罕至。腊人居于群山之中，与外界罕有往来。

据李哈儿讲，腊人的人数非常稀少，却传承几万年，至今血脉尚存。且不说风俗人情、生活习性，就连腊人这个族群，都绝少有人知道。不过腊人与我们世间的人类，从生物特性上就有很大的不同，他们有冬蛰、蜕皮和替生三种腊人专有的特性。

冬蛰，其实就是冬眠，自然界中有很多生物都会冬眠，比如狗熊、刺猬和绝大多数冷血动物，它们冬伏夏出，但在人类身上很少见。

蜕皮，一个腊人一生要蜕三次皮，从少年到青年，到中年，进入老年，每个时期，都会像蛇一样蜕一层皮。蜕下来的皮完整保存，等到肉体死亡后，三张皮要和遗体一起埋葬。李哈儿说他亲眼见过腊人蜕皮。这个特性，倒是像他们的祖先腊蛇。

前两种虽然听起来离奇，但是还算直观。而关于替生，理解起来有些难度，李哈儿没有细讲。我听他讲的大致意思，就是腊人临死前，如果有人愿意替他去死，将死之人就可以代替对方活下去。听起来像是黑巫术，可信度不高，李哈儿说他也没见过。不过，他说腊人骨郎就是一位持续的替生者，已经活了上千年。骨郎相当于腊人的大巫师，巫师的话，我一般不信，不过经李哈儿验证过，应该大致不差。具体原因我以后会说。

8 獠戾之尸

腊人虽然声称是腊蛇后裔，却不只崇奉腊蛇，还敬拜上古恶兽祸斗。他们虽然住在终年积雪的露骨山巅，却以火为尊。

我曾问过李哈儿，怎么会跑到露骨山这么偏僻的地方。李哈儿当时讳莫如深，后来有一次喝多了告诉我，他去寻找祸斗的线索。祸斗所在之处，必有獠戾之尸。我看过《三皇神章秘文》，大概是说，渎神之神獠戾，携带眷族叛逃神国，穿越遥远星际，与祸斗相搏杀百年，三万里血流成河，獠戾之尸从天而降，祸斗以西山之鼎烹之，亿万年不眠不休。

如此荒诞不经之言，聪明绝顶的李哈儿竟然也就信了。

我自然不会把这些讲给毛峰听，我只告诉他，我知道腊人，并简要讲了点儿不紧要的。

"太好了！"毛峰兴奋地说，"我就知道您一定行。"

原来，毛峰这一年找了无数奇人异士、世外高人、旁门左道、三教九流，我是第一个听说过腊人的。

四位腊人中年纪最大的一位告诉毛峰，小巴翻车以后，司机当场死亡，那位女游客和毛峰命大，被甩出车去，挂在半山的灌木树上。他们本不打算救他，但是腊人老者想起在车站等车时，毛峰曾给他递过一支烟。就因为这一根烟的缘分，腊人老者救了毛峰。他对毛峰说，后来发生的事，你就知道了。

后来发生的事？发生了什么事？毛峰想来想去，也只有梦中那些事了。他问腊人老者，莫非梦中的那些事，全都是真的吗？

老者淡漠地对他说："如果你没醒来，就是真的，可是你醒来了，那就是一场梦。"

毛峰反复琢磨这句话的意思，还是没能搞清楚那究竟是真还是梦。毛峰向老者问起那个女游客，老者摇摇头，叹气说："没回来。"

"去哪儿了？"

四位朦人面面相觑，不知该怎么解释。朦人老者对毛峰说，他们从半山的灌木里找到他俩时，毛峰距离死亡只有半步之遥，而那女游客也是只有出的气，没有了进的气。四人商量后，决定用朦人秘术挽救其中一位。但究竟救谁，就要看他自己的命了。最后，毛峰回来了，女游客没有回来。

毛峰指着自己下半身，问是怎么回事。

朦人老者先告毛峰，他的腰当时已经摔断了。但剥皮，是朦人秘术保存生机的方式，只有把生机封入皮中，事先剥离，毛峰才不会深陷时间的陷阱，无法脱身。老者说，毛峰所看到的，他们也看到了，唯一出乎他们意料的，是毛峰被獠豀之血玷污。

毛峰听他这么一说，立即想起在祭台上自己受女子求救声刺激，看到的那一段不愿回忆的可怖"幻象"。他什么也没有说，只是问，现在该怎么办？

老者对毛峰说，如果他把梦境里的自己换成女游客，就是女游客自己做的梦，唯一的区别，就是女游客眼睁睁看着毛峰被活祭，抛入火山，化为灰烟，不为所动。

毛峰惊异地问他："你怎么知道？"

朦人老者说："我们跟你们一样，都在其中。"

四位腊人同时朝着毛峰张开嘴，他们嘴里没有一颗牙齿，空空洞洞。毛峰突然觉得毛骨悚然。

　　腊人老者忽然问："你愿意替她活下去吗？"

　　"什么？"毛峰惊讶地问。

　　老者说："你俩的生机，只能有一个活着，你们自己在关键时刻做的选择，决定了你们谁活下去。既然她没有回来，那就只能救你，你愿意替她活下去吗？"

　　"我可以拒绝吗？"

　　"可以，你的余生将留在此处。以你现在的身体状况，大概能活五天。我们会在这里等着你离世，帮你入土为安。"腊人老者十分严肃地说。

　　毛峰问："可是以我现在的状态，我还能复原，并活下去吗？"

　　"可以，你同时得到了神的祝福和渎神者的玷污，这种情况非常少见。"

　　"那我要怎么做？"

　　"你先回答我们，你愿意替她活下去，承担她的一切因果业障吗？"

　　"我……愿意。"

　　"好的，那就让我们正式开始吧。"

　　四位腊人把毛峰围起来，其中一个年轻人，嘴里念念有词。左右两位中年人，各自拿出一张完整的下半身人皮，薄如蝉翼，半透明，在火光的照耀下像丝绸一样美。毛峰一眼就认出，右边中年人手里那张，就是自己的皮，因为他在上面找到了自己大腿上的黑痣。

那年轻人所念诵的话，毛峰一句也听不懂，也绝非任何人类已知的方言，而像是人类的婴儿尚不会说话时，那种无意识的喊叫。他突然想起竹竿人所吟唱的曲子，自己忍不住哼唱起来。两人虽然用不同的语言，曲调却结合得天衣无缝。

毛峰感觉自己一阵困乏，昏昏欲睡，他竭力想抵抗困意，可是终究徒劳。很快他就进入了另一个梦境。

那是一个幽蓝的空间，一个瘦长的苍白竹竿人，正在用一个像焊枪般的喷火工具，切割一种具有金属质感的皮革。在这个梦里，毛峰看不见自己，可总是感觉自己浮在空中，就像是空气。他忽然看见，竹竿人从一个装满金黄色液体的石槽里，拿出一张人类下半身的完整皮肤。竹竿人把它和有金属质感的皮革叠压在一起，用一把细长的火钳夹起来，伸向某处，火钳所到之处燃起了通红的火苗，火流像浓稠的血液般，一滴一滴坠落在地上，立即熄灭。烧了一会儿，竹竿人把火钳收起来，此时两种皮革已经彻底融合，看上去像一条造型别致的皮裤。

毛峰突然感觉那竹竿人把脸转向自己，距离如此之近。毛峰终于看清楚了，竹竿人脸上的确没有五官，但苍白的皮肤仿佛流动的墨水，自动画出了人类五官的形态，显得无比诡异。竹竿人忽然张开那用墨水画成的嘴，冲着毛峰诡谲一笑。

毛峰大叫着，被吓醒了。

9　猪头人就是滑褢？

醒来时，竟然是正午，他躺在一棵路边的大树下，四个臘人换回了第一次见到时穿的衣服，坐在旁边抽烟。那个年轻的膃人背着一个巨大的竹篓。

看见毛峰醒来，膃人老者拿出一支烟递过来，毛峰接过后，发现是自己的万宝路。当他准备掏打火机点烟时，猛然发现自己下身穿着一条样式熟悉的皮裤，竟然就是刚才的梦境里竹竿人做的那一条，此时紧紧穿在自己身上，他下意识站起来，蹦跳了几下，柔软、舒适而合身。

膃人老者临走前对毛峰说，经过替生仪式，他已经完全恢复。因他受到神的祝福，从今往后，将会有前所未有的好运。而同时他也遭到了渎神者之血的玷污，他们之前没遇到过这种情况，对会有什么后果不敢妄言，希望一切顺利。说完，四位膃人飘然而去，没有留下任何信息。毛峰在路边拦住了一辆农用车，回到了舟曲县城，才知道自己已经失踪了半个月。

买了新手机后，他发现这半个月里，除了招待所服务员催，没有人关心过他。当天晚上，在招待所陈旧的房间里，他一口气写下了《揽月》。他一方面想让这首曲子被更多的人听到，另一方面又觉得这个冰冷世界的人不配听这样的乐曲，于是，他在音调上做了些调整，使得它更像一首流行音乐。十个多月后的 7 月 23 日，新专辑《幻梦》推出，《揽月》横扫各大排行榜。后面的事，就众所周知了。

我想起小巩化验的那块从皮裤上剪下来的样品，总共剥离出四层，两层人皮，一层羊皮，一层不明物。按照毛峰所讲，两层人皮里有他自己一层，那位他替生的女游客一层，那一层有维斯台登花纹的不明物，应该就是那种有金属质感的皮革，那羊皮呢？

我为此询问毛峰。

毛峰说："我担心皮裤磨损，就找人在上面又压了一层小羊皮。十几年来，也换过好几次了。"

"还有个问题。"我说，"难道你从 2007 年底穿上它就没办法脱下吗？"

毛峰赶紧摆手说："怎么可能！一直都是正常脱穿，从甘南回来没多久，我腿上的皮肤就全部恢复了。"

"那裤子长在肉上是从什么时候开始的？"

"撞车。"毛峰斩钉截铁，"我遭遇的那种情况，一百个人遇上一百个人死。我觉得自己都死了，可是被拉到医院后，又活过来了，身上连一点儿小伤都没有。医生看我的表情都惊讶得有些恐惧。"

他接着说："从那天开始，我就觉得自己不是活人。不瞒您说，我可以无限制地吃饭喝酒，却没有任何感觉，甚至不需要大小便。我尝试过自残，但伤口迅速就恢复了，就像电影里的金刚狼一样。如果我丝毫不在意这些，我依然可以生活得很正常，就算我失去所有工作，这些年赚的钱足够我下半生挥霍无度……但我最担心的就是厄运传递给我的妻子和两个孩子。我每天惶惶不可终日，也不敢对她们说。孩子还小可以瞒，但这种事怎么可能瞒住妻子呢？在她的一再逼问下，我只好吐露了实情。绿衣是个坚强的女孩子，她并没有害怕，而是带我去拜见她的上师。从此我踏上了漫漫求生路，直到今天遇见马老师您。这期间我见过的各种大师，不会低于两百个，就在昨天我才去东北求见了一位大萨满。"

"你去过甘南吗？"

"去过，当地几所寺院的佛教大师和几位苯教巫师我都拜访了，他们没有听过腊人，自然也就没有办法。"毛峰说。

毛峰提到苯教，让我有些联想，我曾读过苯教的古文献《世间总堆》，里面有一种叫"鲁"的祛病仪式，倒是和腊人的替生仪式有相近的地方。《世间总堆》里详细记载了苯教祖师辛绕米沃切发明"鲁"仪式的情况。以前的"鲁"仪式很繁复，后来简化了。"鲁"就是替代物，可以是牛羊，也可以是其他生物。巫师通过作法，把病魔驱赶到"鲁"身上，然后再把"鲁"烧掉，或者让野兽吃掉，病人就会立即康复。

苯教源远流长，在甘南有广泛的信徒，腊人受苯教的一些影响，或者反过来影响苯教，也未可知。只是，这并无益于解决毛峰的问题。

"毛兄，听你说了这么多，我已经了解得足够详细，但解决这样的问题不可能一蹴而就，今晚我先想想有什么办法，实在不行，我们尽快去一趟甘南。"我说完后，推醒了王有尾，各自回房间休息。

我躺在床上，辗转反侧睡不着，脑袋拼命转动，想根据毛峰提供的信息找出更多的线索。我先前没有告诉毛峰那些猪头人的信息，其实猪头人就是滑褰。滑褰本是群居生物，也是传说中万恶之火——祸斗的眷族，上古时期本是地球秩序的维护者。

在整个人类尚无记忆的时候，祸斗与来自天外的獠巚为争夺西大陆而大打出手，其眷族滑褰也与獠巚从遥远星系携来的眷族星尘之子搏杀，几乎伤亡殆尽。最终，獠巚被祸斗打落，而祸斗自身也受重创，通过火山钻入位于地底极深之处的岩浆之城——

皮裤

毕方城，亘古长眠以修复身体损伤。如今亿万年过去，也不知道它到底怎样了。

如果我猜得没错，毛峰口中那个笼罩在尘埃里的灰黑色金属质肉瘤，就是来自群星之外的獠犺。而那个用岩浆在巨鼎里烹煮的东西，应该就是李哈儿要找的獠犺之尸。我还有一个大胆的假设，毛峰皮裤上那一层不明物，很有可能就是獠犺之皮。

腊人既然能找到獠犺之皮，那么一定知道獠犺之尸的所在。如果是五年以前，我会毫不犹豫通知我的老师李哈儿，可是现在，且不说我无法联系到他，就算可以，也决然不会。

直到窗外微微发亮，有了鸟叫声，我才有了困意。

不过睡了两个小时，王有尾就在门外叫我。吃早餐时，我向毛峰说了今天去甘南的想法，他们都没有异议。因为毛峰的特殊身份，为了避免节外生枝，我们决定自驾。从西安到舟曲大约六百公里，我让八斗准备了一些必要的设备和工具，让小巩开车把他送过来。换车后，我、八斗、毛峰和王有尾一行四人，踏上了甘南之路。

一路高速，除了中间到服务站尿尿抽烟，基本没有停歇。当天傍晚时分，我们下高速后进入舟曲界内，又沿着国道行驶了半小时，进入舟曲县城。

10 那个女子没有死？

这是一个位于群山中的美丽小城，白龙江穿城而过，有着独特的地理和气候优势，是甘南最温暖的地方，自古有"不二扬州"

的美誉。但舟曲最大的魅力，体现在其纷繁多样的文化上，农耕文化和游牧文化的交流碰撞，秦巴文化、蜀陇文化和藏汉文化的交织融合，让一个如此偏远的小城显得绚丽多彩。

我们入住县城招待所，洗去一路风尘后，才想起一整天都没吃东西。已将近晚上九点，我们到前台问哪儿有吃夜宵的地方。

红脸蛋的小姑娘用带着当地口音的普通话说："哎呀，这会儿了，能吃的都关门了吧，你们吃不吃豆腐？"

"啥？"王有尾和八斗几乎异口同声。

"热豆腐啊，"小姑娘说，"你们要吃，就去南门朱儒家。别人家豆腐都是早上出锅，只有他家的豆腐是晚上出锅，现在去刚好赶上。"

按照小姑娘指的路，我们在幽暗的街上转了三四个路口，就看见路边悬挂着一个红灯笼，上面有"朱儒豆腐"四个毛笔字，遒劲有力。

我们见到老板时，瞬间就明白了这个招牌的含义。

老板是一个四十多岁的中年人，旁边的小伙子应该是他的儿子，父子俩脸上都带着憨厚的笑容，热情地招呼来客。如果说有什么特别，应该是这父子俩的身高都是一米出头的样子。两人打扮也颇为奇特，各穿了一件深红色的长袍，只是在腰间系了件白色围裙。如果仔细看，就会发现这朴实的父子俩，耳朵上竟然都打了一排耳洞，挂着闪亮的金属耳环。

那父亲正熟练地把嫩白滚烫的豆腐切块装碗，儿子接过去加葱末、蒜泥、香菜碎，再浇上一勺鲜红的辣椒汁，然后递给顾客。整个动作行云流水，简直就像完成一件艺术品。

我先走过去问了一声："老板，生意好啊。"

老板切着豆腐，抬头看见我，眼神一怔，笑容僵在了脸上。儿子伸手想从父亲手里接豆腐碗，却没接过去，瞥见父亲异样的神情，又看了看我，问："爸，怎么了？"

老板听见儿子叫，就迅速恢复了常态，笑着说："没事儿，像是看见了熟人，认错了。"

我笑了笑，招呼毛峰三人围着一张小折叠桌坐下来，对老板说："来四碗吧，一碗多来点儿辣椒。"

老板没接话，他儿子说："好嘞，马上给您送过来。"

八斗一坐下，就轻声问我："老板，这不是那谁嘛……"

"咦，你也见过？"

"没见过活的，你那画册上不是有嘛。"

我点点头说："先吃，吃完再说。"

过了一会儿，老板儿子把四碗热气腾腾的豆腐端过来，放桌子上说："辣子不够可以自己加，不过加太多的话，豆腐原味儿就没了。"

凉爽的秋夜，在一个美丽干净的小城，吃一碗热辣的豆腐，本是件多么惬意的事，但坐在我对面的毛峰却心事重重，只搅和了几下，吃了两块，就放下筷子开始抽烟。看他如此忧心忡忡，我也不好表现得过于大快朵颐，吃了几大口后，主动跟他要了支烟，陪他一起抽。但王有尾和八斗没心没肺，唏哩呼噜一通狂吃，边吃还边擤鼻涕，连连叫爽。

一支烟陪完，看毛峰心里实在难受，我也不忍浪费面前的这碗豆腐，就对他说："别想了，没准事情今晚就有转机。"

毛峰听我这么说，眼睛一亮，扔掉手里的烟头，吃起了豆腐。

吃完热豆腐，起身付账时，我对朱儒老板说："味道比以前好多了。"

朱儒笑了笑说："老板是外地来的吧？在哪住？"

"招待所。"

朱儒没有再说话，把找的零钱递给我时，小拇指不经意在我手心轻轻划了两下。

回到招待所，我们在我的房间里说了几句闲话，就各自回房休息。毛峰似乎还想跟我说点儿什么，看我打着哈欠，也就转身离开了。

半夜两点，我正在看书，听见门口有轻微而急促的脚步声，就提高声音说："门没锁，进来吧。"房门打开了，朱儒豆腐摊的老板——那个子只有一米高的中年人迅速进了屋，并随手把门关上。

他脸上带着比卖豆腐时更加灿烂的笑容，就像一朵怒放的小胖花。

"马爷，您怎么有空来看我？"

"别爷来爷去的，好好说话。"

"行行行，几年不见，您还是这脾气，老人家可好？"

他说的老人家，自然不是我家里的老人，而是我那位老师李哈儿。

"别说这些没用的，你又不是不知道我们俩闹僵了，这事儿你也撇不清关系。"

"对对对。"朱儒一副欠揍的模样。这个话题到此戛然而止，我们都不想提起过去的事儿。

朱儒再次问我来意，我就把毛峰的事儿给他讲了一遍。

朱儒听完后，沉思了半天，忽然开口说："你这位朋友不诚实啊。"

"怎么讲？"

"我对别的事儿也许不清楚，但腊人替生这事儿却门清。要想替生，必须是双方心甘情愿，一个愿意替死，一个愿意替生，这才能成。按你朋友的说法，那个女子似乎对替死这事儿完全不知情。法力再强大的腊人骨郎，都不可能完成一厢情愿的替生仪式。"朱儒说起来头头是道。

"反正事情我已经讲清楚了，你来分析一下，应该是怎么回事。"

"我也不敢乱猜，但是我想那女子肯定与毛峰有什么关系，才心甘情愿替他去死，绝非毛峰所说的路遇这么简单。"

"就按你这个思路往下推，那皮裤为什么会和身体粘连在一起脱不下来？"

朱儒皱着眉头，苦思冥想了半天说："只有一种可能，那个女子没有死。"

11　知道越多，事情越麻烦

朱儒是谁？这涉及一些不能讲的秘密，或许有一天，我会把这些秘密讲出来，但暂时还没有这个打算。但我可以这么说，朱儒知道的世界诡秘之事，比我只多不少。

朱儒说得这么肯定，我对毛峰的好感一下降低了不少。如果是十年前的脾气，我肯定当天晚上就打道回府，就算天王老子来求我，也绝不再过问。但时间可以磨平一切，包括我内心尖锐的棱角和朱儒锋利的背鳍。

我问朱儒："有什么办法没有？"

朱儒笑着说："马爷，你真以为自己是万能的啊？这种事儿别说您这肉体凡胎，就算老人家来了，也必然是束手无策。"

"那这个裤子就永远扒不下来了？"

"能扒下来，但不保证你朋友安然无恙，而且大概率会死得很惨。这种担因果的事儿，不适合您亲自干啊。"

"那适合谁？"

朱儒一阵苦笑："您知道老人家那么多年一直养着我，是干什么用的？"

我一阵无语，朱儒这话让我感动。

"可是，这事儿跟你没什么关系。"

"遇上了，就有关系。何况这是您沾手的事儿，我不会让您担这么大的因果。"

"你要怎么做？"

"别问了，您知道得越多，事情越麻烦。"

"那我总不能看着你去送死啊？"

"死吗？那倒不会。不过也说不准，毕竟我也不知道会遇见什么东西。如果我真死了，你就当我还你的命吧。"

话说到这分儿上，再说下去就难免伤感。我和朱儒迅速讨论了计划，明天由他带着毛峰进山，我和八斗、王有尾在县城等着。

如果能回来，就是万幸；如果回不来，就报警。毛峰毕竟是万众瞩目的大明星，他的失踪尽量要与我撇清关系。

第二天一大早，我先去了毛峰房间，把能说的部分毫无保留告诉了他。当我提到他可能的谎言时，他的脸色变得异常难看，随即喉咙里发出一种极其骇人的呜咽声，泪如雨下。他在情绪平稳后，把实情告诉了我。下面这段是他的原话：

"没错，马老师，我骗了您。那个女孩不是游客，是我上大学时候的女朋友英宁。英宁跟我在一起三年，没有人知道，具体原因涉及她的私事，我不方便讲。我只能说她非常爱我。我爱她吗？应该也爱，但是我不知道。大学毕业后，我们就分开了，我过了很长一段时间的滥生活，直到和唱片公司签约。公司当时不允许我交女友，当然更不可能出去找女孩。于是我无耻地去找她，我们重新开始了一段秘密的地下情人关系。但是成功的欲望和事业的反差，让我心情一直很低落，难受就找她发泄，她成了我的'垃圾桶'。

"2007年那次的旅行，我和她分开出发，在舟曲见面，紧接着就出了车祸。就像我告诉你的，我的腰摔断了，她也多处骨折，但比我好一些。后来发生的事情，跟我对你讲的基本上差不多，我们遇到了腊人。我对你隐瞒的，是英宁愿意牺牲自己，替我去死，好让我活下来实现自己的明星梦。结果就是我穿上了她的皮，获得了我以往从未想象过的荣誉和成功，而她的身体，被腊人带走了。"

毛峰说完这段话，一瞬间好像老了十岁，蜷缩在房间的角落里，抽泣着瑟瑟发抖。

当我告诉他英宁有可能还活着时，他猛然站起来，抓住我的肩膀说："真的吗？如果她能活着，我愿意立即去死，哪怕坠入万劫不复的岩浆里。"

我花了好一会儿安慰他，反复叮嘱他一定要听朱儒的话，让他干什么就干什么。他频频点头，向我赌咒发誓做了保证。

然后，趁着八斗和王有尾还没起床，我让他开我的车，拉上朱儒，离开招待所大院，向着隐藏万古诡秘的群山开去。

一天后，他们没有回来。我按照原先和朱儒订好的计划，去公安局报警。这片山中经常有游客迷路失踪，或者因为路不熟悉而出车祸，所以警察都习惯了。他们马上向森林警察发了通报，组织民间搜救队去经常出事的地方搜救。

我们仨一直待在招待所，王有尾反复问发生了什么情况，我没有告诉他。

两天后的傍晚，公安局来了消息，车在山下的农家院子里找到了，而毛峰在山上一处极其狭隘的石缝中被砍柴的樵夫发现，双腿被巨石砸断，但人还活着，已经直接送到医疗条件好的天水医院。我们赶到公安局，办完手续，领了车立即出发赶到天水。

在医院得到通知，毛峰的双腿整个粉碎，感染严重，必须立即做截肢手术。公安局早先联系到了毛峰的家人，就是他的妻子绿衣。等我们赶到时，绿衣早就在医院了。绿衣比电视上瘦得多，戴着巨大的墨镜。她看见我，似乎知道我是谁，径直向我走过来。在她摘掉墨镜后，我才看见她的眼睛已经哭肿。还没等我说话，绿衣就向我深深鞠了一躬，说："谢谢您！"

三天后，我在病房见到了毛峰，他脸色憔悴，嘴唇发白，看见我，挣扎着想把氧气面罩摘掉，我连忙阻止了他。看着他空空的下半身，忍不住一阵伤感，很多话想说，却只对他说了一句："对不起！"

毛峰摇了摇头，脸上竟有一丝微微的笑意。他拉过我的手，用手指缓缓在我手心里写了几个字。我顿时一阵欣慰，长叹一声，起身离开。

大概半个月后，有一天晚上，我在办公室加班，忽然听见有人敲门。竟然是朱儒的儿子。不好意思，他叫什么，我并不知道。我赶紧把他让进来，请他坐下，问他朱儒的情况。

朱儒的儿子礼貌地回道："马老师，谢谢您的关心，我父亲还好，只是十年之内，再也没办法出门做豆腐了。他说等他的身体养好了，再来见您，他没有辜负您的信任。"

听了这话，我才放下心来。十年，对于普通人来说可能是个漫长的时间，但对朱儒而言，只是弹指一挥间。

临走时，朱儒的儿子拿出一个小塑料袋，说是他父亲让带给我的。我打开一看，竟然是毛峰那条皮裤。我顺手扔在椅子上，回想起毛峰在我手心写的字：

"她还活着，像火一样活着。"

12　脱不掉的皮裤

第二天，我刚到办公室，门外就听见王有尾的聒噪声。

推门进去，眼前的一幕着实把我吓了一跳，王有尾正穿着毛峰那条皮裤，摆着各种 POSE，让八斗给他拍照。

我让他脱下来，他坚决不脱。

　　他说："你们说这条裤子能带给人好运，我不信，不如就让我来验证一下，看它是不是真有这个效果。"

　　我问他："万一是坏运气怎么办？"

　　他不屑地说："世界上难道还有比我这几年更坏的运气吗？"

　　欲望如火，飞蛾舍身扑之。哪有什么道理可言？

泥塑

　　随着父亲的动作，地下室的空气似乎也在扭动，泛起微微涟漪，很像暑天地面升起的热浪，让整个场景变得失真。而在不经意间，似乎还能看到空气里有什么东西在有节奏地涌动，像一头巨兽在海底吐纳。

1 收到一尊卧虎泥塑

早上刚到办公室，接到快递小哥电话，让我下楼取快递。我以为是在旧书网上买的书到了，就喊八斗帮我去取。正好小巩说要去买奶茶，主动要求帮我带上来。

我打了几个电话，正纳闷小巩怎么还不上来，门被一脚踹开了。小巩抱着一个大纸箱，"咚"一声扔在地上，揉着手抱怨："老板，你真好意思，这么重的东西让女孩帮你搬。"

"什么东西？"我赶紧站起来，"不好意思，我还以为是本书呢，怎么有这么大一箱？搞错了吧？"

"没错的，上面有你的名字呢。"

标签上的收件人是我，却没写发件人。我给小巩许诺了一顿日料，才把她请出去。

纸箱近一米高，外层裹着严严实实的黄色胶带，看起来像个炸药包。我掂了掂，少说也有二十斤重。我用裁纸刀把胶带划开，里面鼓鼓囊囊塞满了塑料发泡纸。

这是什么宝贝？保护规格抵得上国家一级文物级别了。

费了半天劲儿，撕掉塑料纸，里面是一个黑棉布包裹，半米多高，摸上去硬邦邦的，表面疙里疙瘩，感觉像是雕塑。拆开棉布包，才认出是一尊卧虎泥塑。造型古朴，技艺精湛，色彩夺目，一看就出自雍州铁家。

雍州泥塑是西府独有的民间艺术品，当地人叫泥货。雍州泥塑起源古老，可追溯到西周时期。历史悠久是一方面，雍州泥塑更重要的价值，在于其文化起源背后的扑朔迷离。

据研究者说，雍州泥塑的造型与彩绘纹饰，不仅与西周时期常见的器皿纹饰迥异，且与周边如猃狁、密须、山戎和鬼方等民族的美学也毫无关系。似乎这种具有强烈美学风格的工艺，是忽然从天而降，落在雍州这片周秦文化发祥地上的。

去年夏天，虎丘泥人的传人袁源到长安时，我陪他专门去雍州考察泥塑。经朋友介绍，结识了雍州泥塑世家铁氏传人铁芯。雍州泥塑四大家，传承最久远的就数铁家。在铁芯的引荐下，我们还拜访了他的父亲——国家一级工艺美术大师铁乾。

铁老爷子年逾古稀，但精神矍铄，聊起泥塑的历史和工艺，滔滔不绝，聊到兴起，还主动邀请我们参观铁家大宅地下的私人泥塑藏馆。

他介绍说，这个地下藏馆打明朝起就是泥塑作坊，当时应该是半地下的。清朝中叶，铁家先祖以此为基础，修建了铁家大宅，将作坊原封不动珍藏在地下。原本是寓意铁家以此打下基业，但后来阴差阳错，竟然成了避难所。在战乱和动荡年月，铁家正是凭此一隅，才将雍州泥塑几百年的代表作和精品留存下来。

改革开放后，铁家大宅重修，这里也被改造成一个收藏馆，同时是铁氏家主的私人工作坊。当时定了个规矩，只有同行泥塑世家的人，才有资格进入此处。

铁芯说，上一次有外人进来是在一年多前，木兰云雾山黄陂泥塑传人和湘西傩面泥塑传人结伴来访，由老爷子出面接待的。

我这才知道，我是沾了袁源的光。

虽然我也算见过些世面，但沿着楼梯进入地下，眼前的场面还是让我吃了一惊。

藏馆占地好几亩，几乎完全保存了古代大型泥塑作坊的格局。那些保存了几百年的泥塑精品，并不像普通博物馆那样，摆放在架子上，或者罩子里，而是直接放置在年代各异、大小不一的工作台上，似乎尚未完工，只是工匠临时离开。

几百年的岁月，同时被呈现出来，那些形态各异的泥塑，似乎被时光灌注了灵魂，一下子活了过来。

诸多工作台里，有一个是铁老爷子的。坐在工作台前的他，简直就是个小伙子，眼花缭乱地向我们演示他的绝活儿，不仅让我这外行大开眼界，也让见多识广的世家子弟袁源叹为观止。

眼看就到了午饭时分，老爷子依然兴致不减，拉着我们不让走，非要带我们品尝当地美食——豆花泡馍。盛情难却，我们只好从命。老爷子自己不喝酒，但要求铁芯陪我们喝几杯他珍藏的老酒。

铁芯四十多岁，身材魁梧，讲话声如洪钟，典型的关中汉子。三杯下肚，话匣子打开，聊起自己父亲，他的自豪溢于言表。他说近些年凡是有外国领导人访问长安，政府的赠礼几乎都是铁老爷子的泥塑作品。

被儿子夸赞，老爷子自然开心。不过他还是谦虚地说，这都是老祖宗留下来的东西，手艺不能丢在自己手上，得对得起先人。

临走之时，铁老爷子还送了我一件他年轻时做的小玩意儿。后来，我和铁芯时有联络问候。他时常会发一些新设计给我看，我也会直言不讳提出看法。有时他到长安来，也会跟我坐坐。

　　一来二去，我们也算得上是朋友了。

2　古怪的肉翼大王

　　箱子里的大卧虎，我在铁家见过，是雍州泥塑的典型代表作。

　　铁老爷子当初送我的那件，就是一件小卧虎，只有拳头大，如今还在我家书架上镇守。

　　我给铁芯发微信语音表达谢意，他没有及时回话，应该是正忙着呢。

　　我喊八斗进来，让他找个地方把卧虎放起来，顺便把纸箱拿出去送给楼里的保洁。八斗把塑料发泡纸塞回箱子，刚提起来，又放下说："老马，就你这样，还成天说我粗心……"

　　"怎么了？"

　　"这箱子里还有东西呢。"八斗说着就弯下腰，从箱子里拿出两个裹得同样严实的长条，一手一个放在桌上。

　　那是一对"翅膀"，但不是鸟翅膀，而是蝙蝠那种带膜的翼手。

　　翅膀一尺多长，约半尺宽，微微展开。与雍州泥塑惯常的饱满圆润的夸张风格不同，它们显得瘦骨嶙峋，且过于具象。扭曲的黑色骨架上覆盖着一层白色皮膜，表面精细地绘制着黑色褶皱和龟裂。

　　最怪异的是在翼角位置，有一只畸形的爪子，爪趾长短不一，像一根虬结的干树枝。再仔细看才发现，原来是在一只粗短的小爪子中心，又生出来一只枯瘦细长的爪子，就像在幼童的手心里，生出一只耄耋老人的手，让人十分别扭。

爪子表面以极其精细的笔触，勾画出细小的蝮蛇鳞片，闪着幽幽蓝光，已经完全背离了雍州泥塑简练概括的艺术特性。怎么看都不像民间手工艺人所为，而是现代艺术家的暗黑风格作品。

八斗拿着其中一只把玩半天，感慨道："没想到民间艺术家也与时俱进，改玩死亡超现实主义了。"

我盯着眼前的物件，以最快的速度在记忆库里搜了一遍，一无所获。

当我再次看见对面那尊卧虎时，脑子里灵光一闪。我走过去，把黑布扯下来仔细查看，果然在卧虎背后发现了两个指头宽的缝隙。我招呼八斗把翅膀拿过来，顺着缝隙插进去，严卯对缝，毫厘不差。

可是这么一来，原本敦实可爱、萌态可掬的卧虎，忽然变得诡异了许多。原本花花绿绿的脸和闭不上的血盆大口颇具喜感，但现在看上去，却有一种嗜血的戾气。

"如虎添翼？好兆头啊。"八斗笑着说。

"虎？这是彪吧？"我心里有一种莫名的忐忑。

这时，铁芯电话打来了。

"马龙兄，东西收到了吧？"电话里，铁芯急吼吼地问。他的声音一如既往地洪亮，但中间夹杂着几分疲惫的嘶哑。

"收到了，我给你发了微信……"

我才想问个究竟，就被铁芯粗暴地打断："发现问题没？"

"那个翅膀……"

"对！就是翅膀。我知道你见多识广，你知不知道这是什么东西？"

"这不是你们做的吗？"

"是我们做的，可是……马龙兄，事到如今，对你我也不隐瞒了，我们家老爷子出事了。"

我心里一紧，问："怎么回事？"

铁芯告诉我，一个月前，厂里来了两个客户，一男一女，要定制一批泥塑。铁芯带着他们看了厂里所有样式，可是都不符合客户的心意。

男客户自己拿出一个样式。那是一尊雕像，成人拳头大小，用鲜红的朱砂石雕成，模样丑陋，看起来像一只即将变成癞蛤蟆的蝌蚪，已经生出了四肢，但还遗留着长尾巴。腰腹之间的褶皱重重叠叠，看着特别臃肿，背上疙里疙瘩，还有一对长着爪子的肉翅膀，十分古怪。

最不堪入目的是面部，额头正中有一朵高耸的"菜花"，不知道是什么器官，八只眼睛两边对称分布，一张大嘴占了半张脸，很是狰狞。

铁芯自幼入行，见多识广，对民俗和民间艺术也颇有研究，可是他看来看去，不认识雕刻的是什么东西。只是这么大一块高品质朱砂石，价值不低，用它雕刻的东西应该也是招财辟邪之类的神兽。

男客户告诉他，这个雕塑叫"肉翼大王"，是南方的一种民间吉祥物，他们要定制一大批当作礼物送给他们的客户，问铁芯能不能做。

雍州泥塑千年传承未断，发展至今仍被当作国礼赠送外宾，虽然有国家和地方政府的财政补贴，但其生存和传承，依然高度依赖市场。

可是客户想要定制的这种不规整的东西，不仅新制模麻烦，费时费工，而且样式完全不符合雍州泥塑的风格。虽然对方开价不低，但铁芯斟酌半天，还是找个理由推了。

客户似乎有些不高兴，女客户阴阳怪气地说："我就知道雍州这种小作坊做不出什么好东西，早知道就去无锡惠山了，浪费时间……"

话不中听，但也不算什么大事儿，铁芯就当没听见。可不巧的是，铁老爷子恰好经过门口就听见了。

他气呼呼地冲进来，当着客户面，先把铁芯臭骂了一通。又主动向客户立下军令状，说自己三天之内就把样品做出来。如果做不出，铁家从此关门，金盆洗手，退出泥塑行业。可是要做出来了，客户就得把刚才的话收回去，向雍州泥塑道歉。

3　给所有泥塑装翅膀

铁老爷子性格生冷蹭倔，决定的事，没人敢劝。

接下来三天，他独自钻在地下工作坊里，没明没夜制子儿。

制子儿就是制作原型。用胶泥塑造形象，磨光、晾干、烘烤成形之后，用以翻模。这是项纯手工技艺，一个制子儿师，三年入门，五年半足，七年才能出师。制子儿师需根据样式，等比例放大，捏塑不变形，分毫不差雕刻所有细节，重要的是符合翻模需求。

这个"肉翼大王"，形态复杂，细节烦琐，普通的单片模和双片模都无法满足需求，必须做多片模。也就是说，要分区块，进行多次翻胚，最后黏合成型。

三天以后，当两位客户看到将近一尺高的泥塑版"肉翼大王"时，显得激动莫名，当即表示要签合同，以很可观的价格定制一千套。

可是铁老爷子要求对方必须按照约定，先道歉，再谈生意。

客户也是爽快，可能也是不在乎，两人马上向铁老爷子鞠躬认错，反倒是铁老爷子不好意思了，催促铁芯赶紧把合同签了。

有了模子，制作起来就简单多了。虽然是多片模，程序多一点儿，但也就是流水工程。半个月后，一千套货物备好，按照客人给的地址，把货发走，这件事也就算告一段落了。

刚好有一个广东的民间工艺考察团到雍州来考察，相关部门组织雍州泥塑的几个代表人物与对方座谈交流。铁芯代表铁家出席，一直忙了三四天，才把客人送走。

刚回厂里坐下，椅子还没焐热，负责工艺的老艺人王明德就匆匆找来，可是半天支支吾吾，说不出什么。

铁芯觉得莫名其妙，赶紧追问，才知道厂里出了大事。

两天前，铁老爷子来到厂里，拿出一对翅膀的模具，要求在所有的泥塑上，不论是人还是动物，统统安上翅膀。

刚开始，大家以为老爷子在开玩笑，可是很快就不对劲了。铁老爷子抢起一根木棍，跑到隔壁陈列室内，对着一架子的泥塑

泥塑

样品不由分说一通乱砸。边砸边喊："这么难看的东西，不配在世上活着……"

"活着？"铁芯惊异地问。

"对，老爷子就是这么说的。"王明德说，"我们也不敢拦，他砸了半天，累得气喘吁吁才停下来。还对我们所有人说，从此以后，只要是从铁家出去的东西，哪怕就是脸谱挂片，也必须长这对翅膀。"

听王明德说完，铁芯十分震惊。

陈列室架子上的样品，都是每一批泥塑里的精品，专门挑出来，供客户或者参观者观赏。虽然时间没有地下藏馆里那些久远，但工艺不遑多让。如果说地下的那些泥塑是铁家过去的荣耀，那么陈列馆里这些，就是四十年来雍州铁家所有人的心血。

可如今这些心血，竟然被老爷子毁了。铁芯心急如焚，跳起来就朝陈列馆跑去。

陈列室已经清扫干净，但那些被砸碎的泥塑残骸，仍然堆在墙角。原本满满当当的架子上，囫囵的没剩下几件。铁芯盯着那堆残骸，心疼得低吼了好几声，却不知道该跟谁发火。

接着他又跑到厂房里，发现一部分工人正在给成品泥塑打孔，另一部分工人在装翅膀。旁边的地上已经放了一批装好的"成品"。

"停下！都停下！"铁芯冲着工人们喊。

工人们都停下手里的活儿，看着铁芯。

铁芯走过去，拿起一件已经装好翅膀的泥塑。那是一件十二生肖的素色泥塑牛，牛首深埋于胸前，四蹄发力，线条遒劲，白底黑纹，对比强烈。原本寓意埋头苦干，奋力向前，是一件广受欢迎的作品。

可是现在，牛背上被硬生生插了两个怪异的翅膀，不仅丑陋，更有一种阴森的畸形感。而那对翅膀不是别的，正是"肉翼大王"背上那对。

铁芯看着烦躁，使劲儿一挥，把手里的牛砸在地上。"咔嚓"一声，牛身体砸了粉碎，可是那对翅膀却完好无损，在水磨石地板上蹦跳，发出叮叮咚咚的声响，可是在铁芯耳朵里，听起来就像嘲笑一般。

一旁的工人面面相觑，最后还是王德明说："老爷子年纪大了，有些想法可能我们没法理解。你还是先回去跟他聊聊，看他究竟怎么想的。

铁芯赶回家，想问问父亲究竟是怎么回事，可是家里人告诉他，父亲把自己反锁在地下的工作坊里，谁都不见。

铁芯在门口喊了几声，就听见老爷子在下面发起火来，一会儿还传出了砸东西的声音。铁芯是个孝子，既关心父亲的身体，又担心下面那些老物件被砸坏，赶紧好言好语地哄了半天，里面才渐渐没了动静。

可是到了下午，又传来呜呜的声音。初听像是在哭，可细听又像是在吟唱，调子既悠扬，又悲伤，如泣如诉。铁芯在上面问了半天，老爷子始终不说话。一直到天黑，地下室的门才打开，老爷子上来，神情自若，像往常一样吃了一大碗面，又回到地下，关上了门。

4 老爷子被"寄灵"了?

铁芯左思右想,实在想不出办法,只好返回厂里,请来"七老"一起想办法。

"七老"是厂里七位老泥塑师,都是从作坊年代开始就在铁家当学徒的老人。可是聊了半天也没聊出个结果。

铁芯注意到有个老人一直在闷头抽烟,期间几次动嘴唇想说话,可似乎有什么顾虑,没有开口。

老人叫李全有,不是本地人,五十多年前从河南逃灾来到这里。当时不让做泥塑,匠人们都被分到砖窑,给生产队烧青砖挣工分。铁芯的爷爷是队长,组织人到山里去挑炭。来回二十里路,一天挑三趟,成年人都受不了,但十几岁的小李,硬是咬牙坚持,一声不吭。

铁芯的爷爷觉得他不错,就收他为徒,从制砖坯做起,后来传授了泥塑手艺。一晃五十年过去,小李也变成了老李。

铁芯见他不说,只好主动问:"全有叔,这事你咋看?"

李全有支吾了半天,才弱弱地说:"我看铁大哥可能是冲邪了。"

这话一出口,现场炸了锅。

李全有所说的"冲邪",与民间传说的撞鬼并不相同。冲邪是口头说法,行内还有个专业名字叫"寄灵"。

泥塑行是一个特殊行业,成日跟泥土打交道,以土造物,以泥塑形,这本是造物主该干的事,却被泥塑匠人干了,难免夺天之功。

好土好料，经好匠人之手塑造出来的器物，天然带有灵性，会招来隐态众生的窥视。其中有不良者，会将自己的灵识寄居于器物，即为寄灵。寄灵之物，会对匠人有伤害。民间传说的造物反噬，其实并非器物有了灵识，而是被外灵所寄了。器物制作得越完美，被寄灵的可能就越大。

当然也不是所有好器物都会被寄灵，器物之所以能被寄灵，根本原因与其原料有关。天地之间，物各有主，泥土也不例外。金木水火土，皆有隐态生灵卜居。泥塑行业要采土，难免会惊扰土中之物。如果采土者不管不顾，胡采乱挖，那么所采之土就是"不净土"，它的原主就会找上门来，借物寄灵。

所以每个行业在发展过程中，都会形成自己的规矩，而最大的规矩就是敬拜祖师爷。祖师爷是干什么的？当然就是庇佑后代子孙。一个行业的祖师爷，必是天选之人，据说有和隐态众生沟通的能力，至于怎么沟通，就不是人能了解的了。

天下泥塑行，不论门派，都以抟土造人和炼石补天的女娲为祖师。女娲造人，一日七十变，蛇是化身之一。

三月三，蛇出山。

因此泥塑行每年的采土日，不能早于农历三月三。采土之前，祭拜女娲祖师则是必不可少的礼仪。

雍州泥塑以黑水谷观音土为原料。黑水谷位于雍城以南三十里，终年半阴半阳，阴阳交汇处有一处石洞，叫玉女洞，也被称为"人祖庙"。采土之前的祭拜仪式，就在玉女洞前举行。一整套隆重的礼仪，即使在"破四旧"的年代，也没人敢马虎应付，否则宁可停工。

泥塑

铁芯十六岁时，第一次跟父亲进山采土，见识了祭拜仪式的隆重。父亲告诉他，祭拜祖师就是向土地表达敬意，识其恩而知其德。得到土地的认可再采土，造出来的泥塑，才能纳福招财、驱邪避灾。

铁芯受的是正规学校教育，对民间的说法也不是全都认同，但出于对行业传统的尊重，他也是严守老规矩的。父亲年纪大了以后进山不方便，他就接替父亲，主持每年的采土祭拜仪式，萧规曹随，丝毫都不马虎。

对"寄灵"这种迷信说法，铁芯倒是听说过，却从来不相信。要不是李全有提起，他几乎都忘了还有这么回事。

看在座的老人们一个个煞有介事地讨论着"寄灵"，他不禁怀疑，自己是不是错了？退一万步说，就算真有寄灵这回事，父亲一辈子敬天重地，从不逾矩，正心造物，该有无量福报才是，怎么还会冲邪呢？

不过，此时七老已经吵成了一锅粥，有认为李全有说得对的，有认为他是在胡说八道的，一个个吹鼻子瞪眼，就差撸起袖子动手了。

铁芯能理解老人们的心情。如果铁老爷子真是冲邪，那在座的每个人都有可能布其后尘。这倒还是其次，更要命的是，铁乾作为雍州泥塑世家铁氏的家主，竟然被"寄灵"，这要传出去，可是伤及根本的大事，说明你坏了行规，得罪了祖师爷。

年轻人可能觉得没什么，但对老人来说，就算没有刨祖坟那么严重，但也差不多了。

5 肉翼大王是泥泥狗?

铁芯安抚了半天,才让七老安静下来。

"各位叔伯别争了,事关整个铁家,甚至是雍州泥塑的声誉,我们只能宁可信其有,不可信其无。近十年来,铁家都是我主事。我们三月三采土,九月九封山,从不敢坏规矩。每逢三月十五祖师爷生辰,香火叩拜,也没有怠慢。或许有不周全的地方,但肯定没犯啥大错。大家都想想,看究竟是哪块儿出了纰漏?咱想办法弥补。"

铁芯这话一说,众人都沉默了。过了老半天,李全有才开口。

"我觉得根源还是出在那个肉翼大王上。我头一次见它,就觉得眼熟,但当时死活没认出是什么。这两天才想起,这东西非常像我老家一种叫泥泥狗的小玩意儿。"

"泥泥狗?是什么?"铁芯问。

李全有说,泥泥狗不是只狗,而是河南淮阳当地的一种泥塑。这种泥塑风格与雍州泥塑大相径庭,在国内诸多流派里也算异类。制作泥泥狗的匠人都是太昊陵周围的村民,泥泥狗在别处见不到,只在太昊陵举办"人祖会"时,民间艺人的小摊上才能见到。

泥泥狗的制作工艺很简单,甚至略显粗劣,之所以独特,主要是因为其怪诞神秘的造型。泥泥狗造型多样,没有统一规制,似乎完全是匠人随心所欲创造的。但看多了就能发现,其中几乎见不到现实中存在的东西,而大都是非人非兽、似人似兽、半人半兽的形制。就像人祖猴、猴头燕、人面蝠、九头蛙之类。也有一些造型复杂的,是传说中的奇珍异兽,却不是常见的如麒麟、貔貅、狻猊之类的瑞兽，而是像《山海经》里提到的恶兽，如狍鸮、蛊雕、土蝼等，当然还有许多根本叫不上名字。

李全有记得自己小时候逛古庙会时，在泥泥狗的摊子前一蹲就是大半天。每个摊子上都有很多种，少则几十，多则几百，每一个都不尽相同。几十年过去，本来他都已经忘了，可是肉翼大王的怪模样，一下子激活了他的记忆。

"我为什么猜铁大哥是冲邪，因为我隐约记得，泥泥狗只有太昊陵十二村的人才能做，外人不能擅自制作。太昊陵是人祖伏羲的陵庙，女娲祖师是人祖姑姑，如果肉翼大王真是泥泥狗，我们就是犯了忌讳……"

李全有说得有理有据，还真让在场的人心里犯了嘀咕。

铁芯说："全有叔说的这些，我以前都没听说过。"

王明德说："我倒是听人说过。泥泥狗这个名字，应该是当地的土叫法吧，这个东西出自太昊陵，所以叫陵狗，也叫灵狗，除了淮阳当地，外面很少能见到。据说灵狗只能给十二岁以下的小孩玩，小孩魂魄不全，容易受惊吓，泥泥狗能帮忙看护。到了十二岁以上，就不能轻易动，只有病人或者结婚生不出娃娃，才能请回家，在枕头下藏着。"

铁芯问："全有叔，那你看肉翼大王是不是泥泥狗呢？"

李全有摇摇头："我只是觉得像，但不敢保证就是。"

铁芯说："既然有这种可能，我们就得确认，或者排除。这事儿还不能大肆张扬，实在不行，我去一趟淮阳，找当地人一问就知道了。"

王明德说："我觉得暂时不着急去淮阳，去了不一定能问到，就算问到了，能怎么样？总不能说我们做你们的陵狗冲了邪，麻烦你们帮忙解决一下吧？"

铁芯问："那您说该怎么办？"

王明德说："这件事我思来想去，总觉得有蹊跷，像有人故意给我们做了局。"

铁芯诧异地问："为什么这么说？"

王明德说："大批量定制陵狗本来就是件怪事，定制陵狗不去河南太昊陵，反而来雍州，就更加不合情理。"

"究竟是不是陵狗，咱不是还没确定嘛。"

"我们与其瞎蒙，不如干脆找客户问清楚。"

"怎么问？如果是人家做局，会主动承认吗？"

"做局肯定有个目的，即使不是局，这肉翼大王总归是他们带来的，问出个来历也好。"

当天已经很晚了，铁芯就没打电话。回家后听家里人说，老爷子今天再没上来过，只是中途让人给他送了一壶热茶。

父亲爱喝浓茶，而且喜欢在晚上喝，长期形成了睡前喝一泡茶的怪习惯，不仅不影响睡眠，反而助眠。铁芯听说他想喝茶，说明精神没有受太大影响，应该算是好事吧。

6　老爷子成了巫师

第二天一大早，铁芯给叫李明的男客户打电话，以过节联络感情的名义寒暄了几句，旁敲侧击向李明打听肉翼大王的来历。

但李明说他自己只是个帮忙的，真正拿事的人，是跟他一起去厂里的那个女人。女人是总公司的于总，肉翼大王的雕像也是她带来的，没说过来历，只说是南方的一种吉祥物。李明说他们公司是做文创礼品的，长安一家连锁超市搞促销，泥塑是活动的赠品。

这倒是出乎铁芯的意料。超市搞活动，通常都是送米面油奶蛋，哪有人送泥塑的？李明说他也觉得莫名其妙，不过这是超市和公司的决定，他只是负责联络而已。

铁芯问："是哪家超市？"

李明说："千家乐。"

挂了电话，铁芯还没来得及盘算，家人就急吼吼跑来叫他，说老爷子那边有动静。

铁芯赶紧跑过去，刚到地下室门口，他就听见门里隐隐传来一声声嘶吼，像是里面关着一头野兽。

铁芯担心老爷子出事，心急如焚，大力猛踹了几脚门，门却纹丝不动。当初修建时，为了那些泥塑的安全，地下室使用了最高级的防爆装甲门，别说是人踹，就是车撞也得费大力气。他让家里人去拿钥匙，可是家人说钥匙全都被老爷子带进了地下室。

他趴在门上喊了几声，回应他的只有沉闷的咆哮声。他忽然想起地下室有监控录像，于是先安排人去找开锁师，自己又跑回书房，打开电脑查看监控画面。眼前闪现的一幕，让他的心揪到了嗓子眼。

地下室里，他的父亲铁乾，那位年逾古稀的老人，此刻正以一种极其怪异的姿势，在那些工作台之间来回游走。像一头小兽在蹒跚学步，像一名舞者在跳禁忌之舞，更像一位巫师在举行祭祀仪式。

铁芯注意到，随着父亲的动作，地下室的空气似乎也在扭动，泛起微微涟漪，很像暑天地面升起的热浪，让整个场景变得失真。而在不经意间，似乎还能看到空气里有什么东西在有节奏地涌动，像一头巨兽在海底吐纳。但认真看，又什么都看不到。

寄灵！铁芯脑子里下意识就冒出了这个词。虽然泥塑行历来有寄灵的传说，但仅限于传说。且不说铁芯没见过，铁乾和七老也是只闻其名，所以没人知道寄灵究竟是什么样，甚至连寄于物还是人都有分歧。但铁芯此时立即认定这就是寄灵。

他立即打电话阻止家人去找开锁师，因为不知道打开门，会不会引发更严重的后果。接着他又让厂里封存了所有与肉翼大王相关的模子和样品，包括父亲让制作的那些翅膀。安顿好这些，他才叫七老到家里来，通过监控看了地下室的情形。

所有人都傻眼了，包括一开始就猜测是冲邪的李全有。

铁芯说："事情已经发生了，得想办法解决，我没有这方面的经验，请各位长辈出个主意吧。"

有人建议将老爷子送到附近的法门寺，寺内地宫有佛骨舍利，可驱邪除恶，寄灵之物肯定不敢直面佛光普照。

李全有说："驱邪镇鬼是道士的专长。'陈仓金台观，离天五尺半'，听说那里面的道士很有本事，不如把老爷子送到金台观里去。"

王明德说："泥塑祖师爷是女娲娘娘，不宜去寺庙道观，应该去安康中皇山女娲庙祭拜。"

众人七嘴八舌，铁芯听来听去，都觉得不靠谱。

王明德又说："我听老一辈人说，民国以前泥塑坊如果发生寄灵，要封禁三年，三年后再向祖师问卜……"

"关门？绝不可能！"铁芯断然否决，"我们虽然不是国企，但代表了地方文化形象，就算是暂时歇业整顿，也不能以这个理由。"

王明德说："我就是这么一说，这么大产业，不可能说停就停。但这件事一定要慎重，要是被别有用心的人利用炒作，很可能会给雍州泥塑造成毁灭性打击。"

"那你有什么好办法？"

"我觉得还是要从那个肉翼大王入手，你看能不能找一些熟悉的专家帮忙，搞清楚这个肉翼大王究竟是什么东西，才好对症下药。"

七老纷纷点头，都同意这么干。

铁芯有非遗传承人身份，经常出席各种文化活动，倒是认识不少专家学者。可大家都是场面上来往，私下交往的少。他翻了一遍通讯录，最后决定请我帮忙。于是很快就打包了一个插翅泥塑虎快递给我，雍州距长安不到两百公里，昨天下午发出，今天一早就到了。

铁芯问："马龙兄，认识那是什么东西不？"

我说："光是一对翅膀，还真不好说，为啥不直接寄一个肉翼大王的样品给我？"

铁芯说："我是担心万一有什么不好的东西……"

我笑着说："我不怕那个，你拍几张照片给我吧，最好是原本雕塑的照片，你们自己做的泥塑，难免带了雍州泥塑的风格。"

铁芯说："有倒是有，但都在我父亲手机里，我现在只能给你我们制作的样品。"

"也行吧，发过来看看再说。"

7　骑蟾蜍的猿猴

几分钟后，我收到了铁芯发来的照片。我只看了一眼，就有一种强烈的熟悉感，却又不记得在哪里见过。

我把八斗叫进来，给他看照片，问他见没见过。

八斗说："老马你真是老了，这不就是去年我们在老孙家里找到的那本画册里的玩意儿嘛……不对，乍一看很像，但细看又不一样。"

我说："你把画册拿来对照一下，不就知道了嘛。"

八斗去仓库找了大半天，才拿了一卷薄薄的画册过来。画册材质是甘南黄麻老宣纸，用黑红两色油墨手工印制，算不上精美，有一种农村老年画的古朴感。我记得画册刚拿回来时，被我放在太阳下晒褪色了，可是现在颜色又恢复了。

八斗说可能是用了特殊油墨，受到强光暴晒就会变色，在阴暗的仓库里吸收潮气又复原了。他说回头可以让小巩化验一下是什么油墨。我赶紧阻止，好东西经不得折腾，万一毁在我们手上就可惜了。

一年多前，我们在处理一件人口失踪案时发现了这本画册，当时着急找人，对薄薄的画册并没有太在意。后来人虽然已经找到了，却变成了我们不太能理解的模样。这件事感兴趣的朋友，

泥塑

可以翻看长安未知局的老档案《蚂蚁》，公开的部分与事件原貌基本相符。

画册第一页是个像甲虫的怪物，跟铁芯照片上的肉翼大王模样近似的东西在第二页。那是一个肚子硕大的蟾蜍形怪物，身上疙里疙瘩，每个疙瘩上都生着眼睛，脸上更是难看，一张流着涎水的大嘴上面，八只眼睛对称分布，额头正中位置像是长了一个不规则的瘤子，上面还分布着逼真的肉芽，像是在不停蠕动。

这些都与肉翼大王看起来很相似，但它们最大的区别，是画册的怪物没有长肉翼。就光这一项，就让两者有如老鼠和蝙蝠，根本不是一个物种。我失望地把画册合上，递给八斗。

八斗拿过去，翻了两页，忽然说："老马，你看这个。"

"什么？"

"你看这猴子的翅膀像不像？"

他说的猴子是画册第三页的一只无毛大猿猴，模样除了浑身无毛之外，就是背上的一对小肉翅让人看着膈应。每一只肉翅在画面上只有一颗小瓜子仁大小，跟猿猴的身形一比，小得很畸形，但也看不出什么特殊的。

八斗说："你年纪大了，眼神不行。"

说着他就把放大镜给我递过来。放大镜下看到的果然是另一番景象。我一边看，一边忍不住赞美这本画册的绘制者。画的精细程度，跟那些做微雕的相比，也不遑多让。可现在不是欣赏艺术品的时候，只看了一会儿，我就基本可以确认，画面上的翅膀就是肉翼大王的翅膀。虽然画册和泥塑的绘制风格迥异，但无论是形态还是气质，那两对翅膀可以说是一模一样。

这就出现了另一个问题，为什么肉翼大王的身体像蟾蜍，翅膀却在猿猴身上呢？当然我们肯定知道画上的两只怪物绝非真的蟾蜍和猿猴，但我们不知道它是什么，为了方便，权且就这么称呼吧。

　　八斗忽然说："马老师，我有一个不成熟的想法。"

　　"你说。"

　　"你看这张图，猿猴骑在蟾蜍身上，民间有这个题材没？"

　　我摇摇头："没有，猴子骑在马上倒是常见，'马上封侯'。蟾蜍倒是有招财进宝的寓意，身上骑只猴子，难道是升官发财？"

　　八斗笑着说："你们文化人想太多，照我看，这就是物种之间生命的大和谐。"

　　"啥意思？"

　　"交配啊。"

　　"猴子能和癞蛤蟆交配吗？"

　　"大胆假设，小心求证。我们假设能，是不是就可以完美解释肉翼大王的古怪？它遗传了母亲的样貌和父亲的翅膀。"

　　八斗说得没错，按照他这种思路，倒是可以得出一个合理的解释，但只要想到猴子和癞蛤蟆交配的场景，我就连画册都不想看了。

　　可这毕竟只是我们的假设，就算假设是真的，也对解决目前的问题毫无帮助。如果我能认出那猴子和蟾蜍是什么，还能想点办法，但我并不认识。我忽然想起老孙有可能知道，但他们一家已钻进地下变身为蚁人，杳无踪迹。左思右想，我觉得我们需要换个思路。

既然这件事是人搞出来的，那还得从人入手。以我的经验来说，我并不相信会有公司专门定制泥塑当促销赠品。这里面究竟有什么蹊跷，坐在房间里是想不出来的，必须到现场去看。

我站起来说："穿衣服，出门。"

"干什么去？"

"逛超市！"

8　筷子门最后的传人

千家乐超市门前人声鼎沸。节日将至，各品牌都在搞促销，门口广场上搭起好些临时展台展位，挂着各色彩带的促销员在人流中吆喝，短短十几米的通道，我们被拦住试吃了六七次，有奶酪，有果脯，有肉干……荤素搭配，营养均衡。

好不容易才进入超市，显眼位置放着一个广告牌，上面是促销公告："……凡在节日期间注册会员，并充值 500 元以上，可获得价值 588 元的传统精美手工艺术品一件。"上面还附有艺术品的照片，跟铁芯发来的样品照片一模一样。

我们径直到顾客服务台，手机注册会员充值 500 元，服务台的小伙子抱过来一个泡沫箱，打开一看，里面正是雍州泥塑版的肉翼大王。我问小伙子这是什么东西。

他说："这是非遗泥塑。"

"这是塑了个什么？"

"升官发财。"

"什么？"我和八斗同时惊问。

小伙子诧异地看了我们一眼，说："对，这个东西就叫升官发财，是南方的一种吉祥物，不过却是由我们雍州的工艺美术大师制作的。"

"这个升官发财你们店里有多少？"

"这个我们不卖的，只赠送给会员，你要是喜欢，可以叫亲戚朋友来，多注册几个会员……"

离开超市，坐在车上，我盯着肉翼大王看了半天，也没看出个所以然来。

要说起怪异生物，无论是属于显态的还是隐态的，我都见过不少，也整理过档案，跟国内和国际的同行都有所交流。但面对这个怪诞玩意儿，我还真是一点头绪都没有。不论是《山海经》《博物志》《列异志》，还是SCP基金会的档案里，都没有与之相似的东西。

八斗说："要不我们找找张洞？"

"找他干吗？"

张洞是我的一个朋友，机缘巧合下认识，没想到我们祖上还有点儿渊源。他本人倒是个朴实无华的人，但他奶奶可是个传奇人物。

老太太叫张铁锤，是筷子门的最后传人，精通筷子门指路、通幽、惊神和济生四门绝学，可与隐态众生直接对话。刚解放那会儿，她被当神婆教育过，只是因为年纪尚小才免遭批判。"文化大革命"期间，村里来了个大文化人，腰椎间盘突出严重，不仅不能下地干活儿，连下炕都费劲儿。张铁锤凭一根筷子，一次就把病给治好了。

改革开放以后，那位文化人平反回城后，竟然派专车来把张铁锤接进城，给一位被腰椎间盘折磨很久的大人物看病，还是一筷子搞定。就凭这一筷子，张洞一家从村里搬到了城里，开起了药铺。

我跟张洞就是在他进秦岭收药材时认识的，后来约了几次酒，他喝不过我，竟然把近八十岁的奶奶带来跟我拼酒，结果我差点喝到人事不省。那以后我就偶尔去拜访老太太，跟她聊天时说起家事，才知道我们祖上还有些渊源。我问起她看病那些传奇经历，她笑着说没啥传奇的，你想学我教你。后来我跟张洞说起，张洞说他自己都没学。

我很诧异："家传绝学，你都不学？"

他说："绝是真绝，从肛门里插一根筷子进去，就能矫正腰椎。"

"老太太这么猛吗？"

"这算啥，你没见她给人指路，一指一个准。"

"算命吗？"

"有点儿像，但不一样，算命只是算个趋势，指路是真能看见路。"

我刚听他说还不信，后来专门花工夫研究了筷子门，才知道他所言非虚，甚至比他说的还要厉害得多。我怀疑筷子门也是不平人的一支，但铁锤老太否认了。

八斗说找张洞，意思其实就是找他奶奶，只是我脑子还在肉翼大王身上，一时没反应过来。但很快我就拨通了张洞的微信电话。

张洞家在高新花园，一个老小区，但保安管得严，陌生车辆不让进去，所以张洞亲自到大门口来接我们。张洞今年二十七八岁，身材挺拔，皮肤黝黑，五官棱角分明，剑眉星目，脸上时常带着一丝笑意，穿一身名牌运动服，看起来不像中医，反而像篮球教练。

他提着一包东西上了车，笑着说："奶奶听见你要来，让我赶紧下来买下酒菜。八斗你能找到我家吧？"

"能，张哥放心。"

"啥张哥，我比你小。"

车在小区里绕来绕去，最后停在一栋老楼下。楼门口站着一个鹤发童颜的老太太，正笑吟吟地看着我们。

车刚停稳，我就赶紧跳下车，冲老太太跑过去。

"奶奶，你咋下来了？外面风大。"

"没事儿，有一阵没见你了，还怪想你的。"

寒暄了几句，我搀着老太太上楼梯。张洞在后面说："平常我们想搀都不让搀，也就是你才能搀她。"

老太太假装没听见。

9　泥塑里有活物

我把泥塑从箱子里拿出来，放在茶几上。

老太太仔细打量了半天，才摇了摇头说："这个模样倒是没见过。"说着她伸手在泥塑身上摸了摸，忽然脸色一变。

"怎么了？"我问。

老太太没有说话，起身回到房间，拎出来一个细长的盒子，盒子五公分，一尺多长，用藤条编织而成，四个角上嵌着蝙蝠状黄铜。

她打开盒子，里面是一根金属细棍，指头粗细，表面是泛着斑斓的古铜色，隐约有些细碎的花纹，一头大一头小，应该是根筷子。老太太是筷子门传人，我想着这应该是门内传承之物。我明显能感觉到它有一种引而不发的能量。

老太太把筷子拿起来，手持粗的那一头，在泥塑身上轻轻敲了几下，泥塑发出"啵啵"的声响。

她说："咦？不对呀。"

其实我也听出来了，泥塑都是空心物，敲的声音应该很清脆才对。老太太抬头问我："可以开孔吧？"

我点点头："当然可以。"

老太太嘴里咕哝了句什么，右手换了一种怪异的手势捏着筷子，在泥塑背上比画了几下，看起来像是测算位置，忽然发力，冲着泥塑的背猛插下去。脆硬的泥塑此刻像一块豆腐，被筷子轻易捅了进去。

我们还没来得及赞叹，忽然听见泥塑里面发出一种不大但很刺耳的声响，与此同时，泥塑像做噩梦的孩子，身体颤动起来。就算我见多识广，此情此景，心也难免提到了嗓子眼。

我刚想要不要做些防范，老太太似乎觉察到我的想法，摆摆手说："不用，有我呢。"

整个过程大约持续半分钟，泥塑停止了颤动。老太太轻轻呼出一口气，左手掐了一个手印，在泥塑背上开孔的位置轻轻点了几下，这才把筷子拔出来。

我注意到，筷子插入泥塑身体的部分，沾了一种蓝灰色物质，黏糊糊的，很像是凝胶，散发着一种生石灰的味道。老太太的手轻轻一抖，筷子发出"嗡"的一声，上面的凝胶转身间就化为尘埃，飘散在空中。

老太太这才把筷子放回匣子里，又随手拿起桌子上的一颗橙子，剥了点儿皮，塞住泥塑背上的小孔。做完这一系列眼花缭乱的操作，她才拍了怕手，坐回沙发上。

她看着我问："哪儿来的？"

我就把铁芯告诉我的，原模原样复述了一遍。

老太太很淡然地说："有一个话怎么说来着，就是你没什么错，你错在你做得太好了。"

一旁的八斗抢着说："匹夫无罪，怀璧其罪。"

老太太说："对，铁家没有错，如果说有错，那就是他家泥塑做得太好了。"

我还在琢磨这句话究竟是什么意思，旁边的张洞着急说："奶奶你就别打哑谜了，赶紧解决问题，别耽误咱喝酒啊。"

老太太笑着说："那就边喝边说吧。"

酒过三巡，看我迫不及待想知道答案，老太太这才开口说："天有造化之力，人也有造物之能，形容有些人做得比天还好，有个词叫……"

"巧夺天工！"八斗说。

"小家伙记忆力好。"老太太继续说，"东西做得太好，就像完美的人，肯定会招来羡慕嫉妒恨。这是人性，也是天性，其实天下生灵都差不多。筷子门之所以能和隐态众生对话，那是因为我们有相似的天性，在此之上，掌握一种互相能理解的语言就行，没什么神秘的……扯远了。"

老太太端起大口杯，一口喝掉半杯白酒，咂咂嘴说："我刚才一碰这个玩意儿，就有种怪异的感觉，你觉不觉得它里面有活物？"

我说："如果有活物，我不应该毫无感觉。"

老太太摇摇头说："别的你可能会察觉，但这个东西不一样，它的那种动静，你们男人很难理解，因为像是胎动。"

"胎动？"

"对，所以我才用千夫指和它沟通。"

老太太告诉我们，她刚才用的那根筷子，叫"千夫指"，据说是从殷商传下来的，一可划破阴阳，二可通抵幽冥，虽然不免有些夸张，但与隐态众生沟通倒是无碍。她尝试与泥塑中物进行沟通，却发现有灵无识，说明尚未结成胚胎。她从柜子里拿出一支雪茄，用刀熟练地切开，点燃后大大吸了一口才说："如果我这老糊涂没看走眼，这应该是寄胎。"

八斗问我："寄胎是什么？"

我说："大致类似于杜鹃把蛋下在别的鸟窝里，让别的鸟帮它孵化和育雏。"

"哦？难道是有生物把卵下在泥塑里，让泥塑孵化？"

"不是泥塑孵化，"老太太说，"是人。人把泥塑拿回家后，泥塑会渐渐在里面孕育出胚胎……"

"对人有伤害吗？"

"不好说，但肯定不会是明晃晃的伤害，至于是啥伤害，得知道里面是什么种才行。"

"那为啥要用泥塑呢？"

老太太看着我们说："这算问到点子上了。"

10 筷子门的新帮手

按照铁锤老太的说法，是铁家泥塑在技艺上过于追求完满，让别有用心者钻了空子。

手工造物倾注了匠人的心血和灵智，所以天然有灵性，会招来天妒。说是天妒，但跟天没什么关系，而是天地之间的其他生灵会闻着味儿摸过来，把自己的灵识寄于器物，这就是铁芯所说的"寄灵"。

但"寄胎"跟"寄灵"有区别，它不是隐态生灵的选择，而是人为的。

有人试图利用这种方式，孵化某种生灵，类似于民间古巫术里的召唤仪式。孵化出来的生灵，具有和生物相似的天性，会把自己第一眼看到的生物当作母亲。所以铁锤老太猜测，是有人想通过寄胎控制这种生灵。

老太太说："虽然这是什么东西我不知道，但我明显感觉到千夫指传递来隐隐的恶念，所以干这事儿的人不像是什么好人。"

我问："既然是寄胎，那铁老爷子怎么会有寄灵的状态？"

老太太说："按理来说，有些话我不该讲，但老铁家以女娲为祖师，倒是与我们筷子门有些渊源。"

"筷子门的祖师也是女娲吗？"

"筷子门没有祖师，筷子是我们老祖先和大母神女娲立的约。铁老头的情况要真如你所说，我倒觉得问题不是太大，只是他家地下室，应该还会热闹一阵子。"

张洞说："奶奶，要不你去帮忙看一眼。"

老太太摇头："我可不凑热闹，我现在只担心马龙。"

"我？"

"我知道你有些本事，但还是得给你提个醒，能布这么大局的人，绝不简单。寄胎不是无中生有，而是先得有蛋，才能孵小鸡出来，他们不仅找到了蛋，还搞了这么多，如果一万个泥塑里都有寄胎，后果不堪设想……且不说这些寄胎，就这些人做出的这些事儿来看，我觉得你不太好应付，毕竟对付人，可不是你的强项。"

张洞说："那马龙不管不就行了。"

老太太嘿嘿一笑："他要能做到事不关己就好了。"

我摇摇头："且不说铁芯是朋友，就算是陌生人来找，我也不会拒绝，再说了我就是干这个生意的，不可能拒绝客户。"

老太太说："这样吧，如果你不介意，让张洞跟你去帮忙，怎么样？"

张洞抢着说："别，我可不去，我还没媳妇儿呢，万一有个三长两短，筷子门就绝后了。"

"本来筷子门也没打算传给你，老东西该消失就得消失。"

"那可不行！奶奶，要不这样，我去帮马龙，你把筷子门传给我。"

老太太说："你爱去不去，你不去我就把千夫指借给马龙。"

听了老太太这话，我赶紧说："那倒不用，千夫指是筷子门的重宝，我怎么敢借。再说了，我也不知道怎么用。"

"我教你啊。"

"有你这样的奶奶没，"张洞在旁边哀鸣，"我可是你亲孙子啊。"

"就是亲孙子，才不想传给你，当个平凡人，喝点小酒，过个小日子，简简单单多好。"

"那你也不能剥夺我追求卓越的权利啊。"

祖孙俩聊天像是在说相声，我和八斗不好意思笑，只好频频举杯。

最终祖孙俩达成协议，张洞同意去帮我调查寄胎，条件是铁锤老太答应把他列入长期考察对象，通过了考察，再决定要不要把筷子门传给他。

张洞说："马哥，明天一早我就去你公司上班。"

老太太说："别明天了，一会儿就跟他走，调查不出结果别回来。"

从张洞家出来，我们回到工作室。小巩一看长相俊美的张洞，眼睛都直了，她以前没见过张洞，我还没来得及介绍，她就主动叫哥哥，勤快地沏茶倒水。

张洞把装着千夫指的匣子随手扔在椅子上，问我："马哥，不，应该是马老板，咱先从哪儿查起？"

既然张铁锤说铁老爷子问题不大，那应该是可信的，我给铁芯打了个电话，先用铁锤老太的话加上我自己的发挥安慰了他，再告诉他不要病急乱投医，静观其变，有什么意外随时联系我。不过关于泥塑里寄胎的事，我没有告诉他。

我们商量了一下，还是得顺藤摸瓜，找到肉翼大王的源头。张洞打了两个电话后告诉我，他已经通过"千家乐"超市的熟人打听到了那家文创礼品公司负责人的联系方式。

张洞随即拨通了对方电话，信口就说公司要搞庆典，想定制一批有特色的文创礼品，希望到对方公司考察。

挂掉电话后张洞对我说："老板，走，考察去。"

我忽然理解了张铁锤为什么要把张洞派来帮我。他几个电话就能搞定的事，我可能得费大半天时间。这让我想起了我的一位老朋友张进步，我想张进步如果有了儿子，长大估计就是张洞这样子。

11　泥塑事件的幕后人

这家礼品公司在南二环一栋写字楼里，叫"物色"。等我们开车赶到时，天色已晚，公司的人大都下班了，接待我们的是个四十多岁的男人，脸上胡子拉碴，但不显得颓废，有一种艺术家气质，却不让人有距离感。

他自我介绍说叫郭东獂，特意强调了"獂"字，是《山海经》里一种三条腿的牛，似乎对自己这个名字颇为得意。

我把事先和张洞编好的那套说辞讲了一遍，他拿来两本印制精美的图册给我们看。我翻看了几页后，提出要看样品。他也立刻答应了，带我们来到隔壁样品间。展架密密麻麻，全都是各种工艺品，金属的、水晶的、陶瓷的、泥捏的、纸糊的、印刷的、雕刻的……琳琅满目，许多我都认不出是什么工艺。但里面并没有我们要找的"肉翼大王"。

我问："这都是你们自己的产品吗？"

他说："对，都是公司原创产品，大部分设计都有专利，而在生产工艺上，与我们合作的都是国家级工艺美术师，或者非遗传人，保证我们的设计最终呈现出最好的效果。"

"雍州泥塑你们有吗？"

郭东源听见我这么问，神色似乎微变，但马上就恢复了正常。他说："当然有，前一段我们才跟雍州泥塑的非遗传承人合作，做了一批精品。"

"怎么没见样品？"

"那批东西是总公司直接定做的，应该是忘了留下样品。不过您要是需要，我明天让人拿一件，送到贵公司。"

"那倒不用。"

"贵公司从事哪个行业？"

张洞抢答："我们是做投资的，接触的都是见多识广的成功人士。我们想送点不一样的礼物，你懂吧？"

"好的产品制作周期较长，你们什么时候需要。"

"三个月以后吧。"

"那应该来得及，你们有什么想法没有？"

"初步的想法是，首先要有大长安的文化底蕴；其次要独一无二，材质工艺上要能拿得出手，不能全靠文化加持。"

张洞这些话说得很溜，不知道是事先编好的，还是他临时想的。

泥塑

"单品价格呢？"

"礼品嘛，也不宜太贵，控制在万元以内吧。"

张洞说完这话，我看见郭东源脸上闪过一丝明显的喜色。如果我是他，我也会开心，单品上万，怎么说也算是一笔大生意了。

"今天设计师下班了，明天我和设计师到贵公司拜访，在充分理解公司和各位老总需求的基础上出个初步方案，怎么样？"

张洞说："这样最好！我们晚上有约，咱俩加个微信，我回头给你发公司地址。"

张洞和郭东源互加微信之后，我们起身告辞。到了楼下，张洞说："你们等我一下。"说着进了电梯，上楼去了。

我和八斗坐在车里抽了两支烟后，张洞回来了。

"搞定！"他上了车说。

张洞说他刚才回去找郭东源，问他如果这笔生意做成，能给自己多少提成。郭东源说他们公司都是百分之五。张洞嫌太少。郭东源问张洞想要多少。张洞开口就是百分之二十。郭东源说这么高，自己做不了主，明天要请示总公司领导。张洞说我们今天晚上还约了另一家礼品公司。郭东源说总公司有一位副总最近正在长安，他可以立即打电话请示。

郭东源打电话没有背着张洞，张洞隐隐听出电话那边是个女人的声音，郭东源称呼她为于总。郭东源挂了电话，告诉张洞，于总原则上同意他百分之二十的要求，但她明天要一起到公司开会，亲自跟踪这单。张洞自然就同意了。

"马哥，这个于总，肯定就是铁芯说的那个女人，明天你可以亲眼看看她究竟是个什么样的人物。"

我还没说话，八斗就感慨："张哥你太牛了，我原本以为你就是个虚有其表的绣花枕头……不对，怎么把心里话说出来了。"

张洞别看人高马大，却是个从来不生气的人，他说这都是他奶奶的功劳，他自记事儿起，还没遇到一个比他奶奶说话更难听的人。所以八斗这么说话，他是一点儿都不在意，反而得意洋洋地说："有志不在年高，我把这事儿都搞定了，你们得请我吃个好的。"

在回民街一家专门卖烤腰子的小店里，我问起明天的见面地点。张洞说这些小事他都搞定了，让我不用操心。我们聊起明天见面的策略，张洞总觉得遮遮掩掩太浪费时间。他说："既然见到了正主，单刀直入地问就 OK。她要配合还好，要是不配合，我有一百种方法让她说实话。"

我提醒他："违法的事儿可不能干。"

他笑着说："你们这能人异士当得太憋屈了，再说了，法无禁止，就不叫违法。"

12　肉翼大王是土地神？

第二天上午，在张洞一个朋友的公司，我们见到了想见的人。"于总"的确是个女人，不过不是姓"于"，而是姓"鱼"，叫鱼不归。

她三十多岁，身材高大，体型丰满，标准的普通话里有微微的东北口音，偶尔还夹杂一两个粤语词汇。我们先在会议室聊了会儿业务，然后我提出与鱼总单独聊聊。

她虽稍显意外，但还是跟我来到隔壁的房间。

我提前把那件"肉翼大王"摆在房间里的醒目位置。鱼不归一进房间就看到了泥塑，她先是有点儿惊讶，继而笑着说："原来马总喜欢这件东西啊。"我说："对，我就是因为它才找到贵公司的。"

鱼不归说："这算是我们的一个中低端产品，不过您一定能认出，这可是正宗的雍州泥塑。就算是低端产品，我们也不会糊弄客户。"

我说："泥塑倒是很常见，只是造型这么丑，究竟是什么东西？"

"丑？"鱼不归说着笑起来，"您这话要放在桂西南山区可是犯禁的。它在不同地方有不同的名字，有的叫石二郎，有的叫飞天师，最常见的称呼叫肉翼大王，是山民的吉祥物。"

"鱼总真是学识渊博。"

"哪里，我这也是借花献佛。我们公司的设计师们喜欢在民俗文化里找灵感，公司有专门的采风团队，这个形象就是他们在桂西山区采风时找到的。我听他们说，当地多山，地形险要，以前山民出门买点生活用品，都要翻好几座山，山里又有许多毒虫猛兽，所以常有性命之忧。这个肉翼大王就是用来镇山的。"

"相当于《西游记》里的山神土地是吧？"

"应该差不多吧。我跟他们去过一次山里，不过现在去都方便了，基本上村村通公路，只是公路都修在悬崖峭壁上，不是熟手根本开不了。"

"你们怎么想到把它做成泥塑呢？"

"哦，是这样，这个主意还是我出的。当时我带人在桂西地区考察，发现当地五十岁以下的人都不记得肉翼大王这个东西了，只有七八十岁的老人家还依稀记得。据他们说，这肉翼大王的历史非常悠久，他们的祖先在远古时期刚迁徙到当地时，就在山里发现了肉翼大王的雕像。有一种传说，说桂西的每一座山里，都有一尊肉翼大王。可是我们找了很久，最终也只找到一尊残像。"

"残像？"

"对，我们花了很长时间才把它修复。当时我就有一种责任感，文化的东西，就算再非主流，也是我们祖先留下来的。如果在我们这代人手里消亡了，实在太可惜，于是我就向公司建议，把它当作文创产品来推广，并赋予它一种符合时代潮流的全新文化内涵。"

我把一杯热茶放在鱼不归的面前，她用指头敲了敲桌面，继续说。

"可是在造像过程中，我们尝试了很多种新工艺，发现总是差一点那种气质。后来我们换了思路，新工艺既然做不成，干脆用老工艺，又试了很多种，才发现泥塑最合适。而泥塑的各种流派里，雍州泥塑的造型细节虽与雕像略有不同，但气质却有一种莫名的相符。在我个人看来，甚至比雕像本身还有感觉。当然这得感谢雍州铁家的铁老先生，要没有他精益求精的态度，这个东西也造不出来。"

既然鱼不归主动提到了铁老爷子，那我就不用客气了。

"鱼总，实不相瞒，你说的这位铁老爷子，我也认识。而且我跟他的儿子铁芯还是好朋友。"

"哎呀，世界真是太小了。"

我话音一变，转向了正题："鱼总你知道吗？铁老爷子自从做完你们这一批东西就生病了。"

"啊？是累的吧？"

"不是。"

我把铁老爷子的情况，一五一十给她讲了一遍。期间我认真观察鱼不归，随着我的讲述，她的神情渐渐凝重起来，这完全符合正常人的变化，并未有任何异常。

听我说完，鱼不归说的第一句话是："请问你是谁？"

"我没有撒谎，我是马龙，铁芯的朋友，他委托我调查父亲的出事的原因，我把您请到这儿来，也是不得已的事。"

"我怎么知道你说的是真的？"

"你公司的李明应该有铁芯的电话，你现在就可以找他对证。"

"我们不会接受恶意讹诈。"

"鱼总多虑了，善意讹诈也不会。我只是想搞清楚这件事的来龙去脉，看能不能帮助铁老爷子解决问题。"

"你怎么证明这件事跟我们公司有关系？"

"没法证明，我要是能证明就直接报警了。"

鱼不归站起身来，口气很强硬地说："无凭无据就上门兴师问罪，这样合适吗？"

我说："的确不太合适，但事急从权，也请鱼总谅解。但是我想请鱼总帮我们把这件事搞清楚。"

"我为什么要帮你们？"

13　第一个肉翼大王

鱼不归说着，就拂袖朝门口走去。

我心里一声叹息，然后叫了一个名字："余月香！"我看见鱼不归身体一震，站在了原地。

沉默了大约一分钟后，她忽然转身看着我说："你调查我？"

"你误会马龙了。"张洞推门走进来，"他才没有调查你，调查你的人是我。"

"你是谁？"

"行不更名坐不改姓，张洞。"

"你有什么权力调查我？"

"鱼总，坐下说。"张洞坐到刚才鱼不归的位置，"你不能怪我，怪互联网吧，互联网是有记忆的，你们当初闹得那么轰轰烈烈，在网上留下点痕迹，也不奇怪吧？"

鱼不归牙关紧咬，一句话也不说，死死看着张洞。

"鱼总别这么看我，怪吓人的。我也是手贱，随手查了查物色公司，就查到了它的总公司。我这人好奇心太重，又通过天眼查，查到了总公司的股东和高管。我发现股东和高管里没姓于的，却有个姓鱼的，我猜应该就是你。鱼这个姓少见，你这个名字就更少见，我实在没忍住百度了一下，网站竟然给我推荐了几份广东法院的旧公告……"

"别说了！"鱼不归终于忍不住，大吼了一声。

张洞说："这些都是公开信息，绝对没有侵犯您的任何隐私。"

鱼不归说："你们究竟想怎么样？"

张洞说："刚才马龙说了，帮我们查清楚事件真相。"

鱼不归说："如果我不同意呢？"

张洞说："你不同意也实属正常，那我们只好自力更生，该去广东去广东，该去广西去广西，万一查出点什么，报案也能有点证据。"

鱼不归面无表情，拉开门出去了。

两分钟后，八斗进来说："人走了。"

张洞说："没关系，会回来的。"

不出意料，十几分钟后，鱼不归回来了，意料之外的是，她是带着笑容回来的。我和张洞对视一眼，都听见对方心里的声音："这个女人不简单。"

"你们想知道什么？"鱼不归坐下来问。

"肉翼大王的来历。"

"我已经说过了。"

"可以更详细点。"

据鱼不归所说，她第一次去广西是去巴马考察瑶族民俗，偶然认识了当地一个叫黄二的打碑人。黄二祖祖辈辈都是山里的石匠，听过许多山民的传说。两人闲聊时，黄二给鱼不归讲了一个传说。

很久很久以前，天上有两个神仙，他们本是夫妻，可总是见不到面。有一天，妻子实在无法忍受，就去找丈夫，两人见面后就开始打架，打得天昏地暗，脸上都挂了伤，还把天都砸碎一块。还有一种说法，说天不是打碎的，是两个神仙在天上交合，动静太大震碎的。于是，许多天的碎块，纷纷落在大地上，有些形成了山，有些在大地上砸出了坑。而天的碎块掉落的位置，就在广西的西部。两个神仙交合后就生了一个儿子，专门管天上的日月星辰，就是天帝。因为天碎了一大块，掉在了地上，两个神仙担心地上有人用这些天的碎块建成天梯，威胁天帝统治。于是又生了一个孩子，化身亿万个卵，附着在天的碎片上，帮天帝在大地上镇守。

黄二告诉鱼不归，古代山里的石匠开山取石，曾在石头里找到过石卵，形状椭圆，大的如碗，小的如盅，外面有一层鲜红如血的石壳，里面的芯是青绿色，似透非透。

山里石匠十有八九都会遇到石卵，遇到石卵的人，接下来都会神秘失踪一段时间，短则三月，长则半年，等他们再次露面时，会想不起这段时间去了哪里。

有好奇的人，跟着石匠一路进入百魔洞的地底深处，见到过非常诡异的场景。一大群戴着石头面具的人，用一种鲜红如血的颜料，在石卵上描绘怪异的花纹，新来的石匠也会加入其中。跟随者想叫走他，却怎么都叫不应，石匠就像中了魔怔一样，只专注于手里的活计。但过几个月，他们就会毫发无损地回来，问起他们洞里的事，懵然不知。

五代时期，后蜀有一个叫石才来的石匠，一生遇到过十多次石卵，每次都会消失小半年，最后一次回来时已经四十多岁。他决定不再当石匠，而是发挥自身优势，专门去山上寻找奇石。

有一次，他在山上遇到暴雨，找了一个岩洞躲雨，岩洞口忽然坍塌，他不得不往里走，在岩洞深处，他遇到两尊奇怪的巨型石像。这石像不是人雕的，而是天然生成的。

石才来认为这是山神，他赶紧跪下叩拜，请求山神让自己脱困，却在大石像的脚下，发现了另一尊小雕像，浑然天成，鬼斧神工。他就把石像随身带着没想到很快就找到了新出口。石才来回到家，就把石像供奉起来，尊称为"天师"，为区别天师道，后来改名为"飞天师"。

鱼不归说，这是有记载以来，发现的第一个肉翼大王。后来，山民陆续会在山里发现同样的雕像，也请回家供奉。

14　这事儿扯上了宇宙文明

时间长了，"飞天师"就被当地石匠尊为保护神，关于雕塑的故事也渐渐多起来。有人说"飞天师"是天的第二个儿子，也是天帝的亲弟弟，在跟哥哥争帝位时失败，还被抽干了血，贬到人间，封为无血地王。百姓们同情飞天师的命运，给他取了个亲昵的名字——石二郎，也有人据它背生双肉翼的形象，叫它肉翼大王。

后来听说，只要有人用自己的血供养石二郎，家里就能人丁兴旺。一些家里没有子嗣的人，尝试用自己的血供养雕像，果然子孙满堂。有人自己雕刻石二郎的像，也用血供奉，却没有任何用处。于是有了一种专门在山中找寻雕像的人——寻石郎。直到明朝，外来宗教传入桂西山区，本地原生的石二郎信仰便被其他宗教所代替。那些雕像也渐渐消失了。个别存世的，也在"破四旧"中被砸碎。

黄二祖上就是寻石郎，他家里还藏有一个雕像，不过略有残破了，他说鱼不归要是有兴趣，可以给她看。这是鱼不归第一次听说肉翼大王，可是当时她觉得黄二有骗子嫌疑，所以婉拒了。

但在随后的考察中，她向当地人问起肉翼大王的传说。年轻人都没听说过，只有一些上了年纪的人才知道，不过也都说不出什么。有一次跟县文化馆座谈时，她再次提到肉翼大王，在座的一位老先生很激动。

老先生叫黄复生，他说自己从年轻起就一直研究石二郎，他根据西南民族神话和民间传说推测，石二郎的起源，要远远早于人类的信史。他小时候，村里有户人家还供着石二郎，可惜在"破四旧"时被砸掉了。改革开放后，他跑遍桂西山区，竟然没找到一尊石二郎的雕塑。见鱼不归对此感兴趣，黄复生把自己编写的关于石二郎的资料给她复印了一份，因为他的研究并不被神话和民俗学家认可，这些文章也没渠道发表出去。

正是这些资料，让鱼不归第一次全面认识了"肉翼大王"，黄复生的资料比黄二讲得更为细致，脑洞也更大，不只局限于神话，还联系到了地外文明和宇宙文明。

他推测在远古时期，在宇宙发生过毁灭级的战争。战败种族为了保留火种，将生命以种子的形式送来地球，就是那些石卵。石卵只有在适宜的条件下才会孵化。黄复生认为其条件之一，就是地球上出现智慧生命，而雕像就是用来检验智慧生命的文明程度。至于那些卵是否已经孵化，黄复生自己也没有得出结论。

对类似送子观音的功能，黄复生也做了自己的解释。他认为这是星空种族的诱饵，因为在古代，生育是件艰难却必需的事。以此作为报酬，人类才有更大的动力帮它们做事，比如到山中找出更多的石卵或者雕像。

鱼不归意识到了雕像的价值，这才重新找到黄二，见到了肉翼大王的实物，跟黄复生根据自己记忆画出的一模一样，只是有些残破。鱼不归想让黄二把雕像转给他，黄二不愿意，但是鱼不归三番五次上门，并开出了高昂的价格，还帮助黄二的孩子进了一个国际学校，黄二这才同意把雕像转让给鱼不归。

鱼不归拿到雕像，花大价钱想请人修复，可是找遍这方面的专家，却没有人能干这活儿，只好勉强用蜡做了临时修补。刚好公司想做一批国潮产品，就把独一无二的肉翼大王当重点项目，甚至还对其形象做了注册，可是在制作产品时遇到了困难。他们尝试了能想到的所有工艺，都没做出一个成品。要么是工人出事，要么是机器损伤，要么是产品做出来全都是次品。最终，只有雍州铁家做出了完美的成品。

"这就是你们要了解的事情的全过程。"鱼不归说，"我们与铁家钱货两清，合理合规合法。至于你们说的铁老爷子的事，我只能表示同情，但没有任何责任或者义务。"

鱼不归仍然担心我们讹诈她。

我问："那个黄二的联系方式你还有没有？"

鱼不归摇摇头："好几年了，换手机时丢了联系方式。"

"那我们方不方便看看肉翼大王的雕像？"

"不方便！"鱼不归果断拒绝，"如果你有一件价值连城的宝贝，你会随便给别人看吗？"

我和张洞同时说："不会。"

"马先生，张先生，我是出于对铁老先生的关心才向你们说这么多，更多的忙我也帮不上，希望铁老先生吉人天相。"

鱼不归说完，起身就离开了。

15　溶洞深处的怪物

"她没说实话。"张洞说。

"你咋知道？"我忽然看见他手里拿着一根金属小棍，"你不会是上你们筷子门的手段了吧？"

"这哪能呢，我知道规矩。"张洞说，"千夫指不只能让人说实话，还能测试人说的是不是实话，我只是用了测试功能。"

"其实不用测试，我也能听出她话里的一些隐瞒。"

张洞查过鱼不归，她所在公司是一家上市企业，公司最早的股东只有两个人，许虎和余月香，创业初两人是男女朋友关系，后来结婚，用了十多年的经营，将公司搞上市。四年前，不知道什么原因，两人忽然宣布离婚，余月香将自己的股份全都转给许虎，自己离开公司。不到半年许虎再婚，几个月后新妻子就生了一对双胞胎。这都是媒体上公开的新闻。

媒体没报道的是，余月香并没有离开公司，而是改名鱼不归，仍在公司内任职高管，通过高管持股计划拥有一部分股份。

我和张洞想了半天，也没想清楚为什么要这么做。

八斗说："会不会是余月香不会生孩子，所以老公找了小三，两人为此离婚？"

张洞说："这样就通了，余月香被逼让位，但两人感情仍在，只是为了公司形象，余月香才名义上退出公司，改名换姓继续在公司工作。"

八斗问："名字可以随便改吗？"

张洞说："除了爹妈，什么都可以变。"

我说："照这么看，余月香心里肯定有气，那么她去广西找肉翼大王的目的，可能并不是她说的采风，而是去求子。"

张洞说："我也是这么想的。"

八斗问："那现在怎么办？"

我说："最好当然是能找到黄二。"

张洞说："鱼不归肯定不会给我们联系方式，就算找到了黄二，他也不会说什么，毕竟拿了一大笔钱。"

我说："那能否找一下黄复生？通过他了解一下肉翼大王。"

张洞说："我有个朋友在广西巴马做矿泉水，去年还请我去考察巴马五行。他在当地路子广，没准能联系到。"

当天下午，张洞就有了好消息。黄复生在巴马当地是个挺有名的学者，虽然已经退休好些年，但一直给一些企业当文化顾问。张洞通过他的企业家朋友联系到了黄复生，我们当即就和黄先生视频通话。

黄复生的口音很重，幸好有朋友在旁边当翻译，我们才能顺畅交流。

听我们问起肉翼大王，黄复生表现得很惶恐，他说自己已经有一段时间没研究过肉翼大王了。可禁不住张洞再三请求，黄老先生还是说了些让我们颇为惊讶的情况。

按他的说法，肉翼大王的信仰并未消失，而是转为一种地下的秘密信仰，还打着祖先崇拜的幌子。当地文旅部门开发一个地下溶洞时，在溶洞深处，发现了一个巨大的祭坛，根据现场遗落的东西判断，这个祭坛一直到近些年还有人在使用。

祭坛上没有任何东西，但在祭坛下的洞穴里找到了很多石卵的空壳。黄复生目睹了那些空壳，十分震惊，虽然他一直在说地外文明，但那只是个想象，可是眼前的证据让想象变成了事实。

石卵壳的内部描绘着细致的图案，看上去像是精密的星图，上面还标着某种怪异的文字符号，像是人的指纹。将那些石卵的壳带回去研究，发现石卵内部的涂层，不是地球上任何已知的物质。另外在溶洞的各个分叉洞里，发现了大量尸体，初步判定死亡时间应该在七八十年前。

当地政府部门立即封锁了溶洞，而在溶洞深处，又发现很多规则的洞口，里面传出嘈杂的声音。于是又派了专业探险人员下去看，里面的岩壁十分光滑，有一层黏糊糊滑腻腻的物质。越往里面走，声音越怪异，有些探险队员受到声音影响出现幻觉，看见周围密密麻麻挤满了巨大的畸形怪物，都在闭着眼睡觉，那种怪异的声响正是它们发出的鼾声。探险队员吓得发疯似的跑了回来。

据他们的描述，他们看到的那种巨大的畸形怪物，像长着肉翼的巨型癞蛤蟆，正是肉翼大王。每一个都有十数米高。但也有探险队员没看见。这些超出了人类所能理解的范畴，当地政府部门为了安全，就封闭了洞口。

黄复生觉得自己的研究可能触碰到了某种不为人知的禁忌之物，为了避免给人类带来灾难，他将自己的所有研究全都封存起来。他听我们说到鱼不归，问我们能不能帮忙联系，让她把那些复印的材料全都寄回给他。

我听黄复生话里有话，就继续追问。

他说："很多东西我不能说，只说一点吧，那些在洞里看到了肉翼大王的年轻人，全都变了，给周围人造成了不可挽回的巨大伤害。"他紧张地点上一支烟，深吸了几口说："万幸的是那些雕像全都没了，以后也不会有人受害。"

16　星际食人族

我和张洞临时做了个决定，在视频里给黄复生看了泥塑的肉翼大王像。黄复生突然情绪崩溃，对我们大喊："你们怎么能这么干，赶快销毁！赶快销毁！"说着他就挂断了视频。

大约过了十分钟，他又主动拨过来，看上去情绪缓和不少。

他说："这都是我做的孽，要不是我，这个东西也不会传出去。你们应该是看着我资料上的画像做出来的吧？"

为了避免刺激他，我们没有说真相，只是顺着他的话往下说。

他又说："我早年认为石卵在适宜的条件下才会孵化，而地球上出现智慧生物是条件之一，看来是对的。只是我没想到，这种生命体竟然是想借智慧生物的身体，让自己的文明延续。"

黄复生的话，让我想起二十世纪初一位叫戴尔的地质学教授的调查笔记。他记录了一种来自宇宙的星际种族，在四亿多年前，从它们即将毁灭的星球上，跨越时间长河，来到地球，将整个种族的意识与地球上的原生种族进行了意识交换，在地球上生活了几亿年后消失了。

如果黄复生的猜测是真实的，那么肉翼大王也与其类似，区别在于戴尔笔记里的种族可以跟任何生物交换意识，甚至植物。而石卵里的生物，必须得借助智慧生物才能实现文明重生。那么问题来了，它们的文明已经实现重生了吗？

　　就这个问题，我与黄复生做了探讨。黄复生认为还没有，他说文明重生不可能依靠个体，简单地说就是这种生物的数量还不够，还处于深挖洞广积粮的阶段，一旦它们的种群个体达到一定规模，后果就不堪设想了。

　　黄复生甚至认为，自己研究石二郎文化，也是在潜意识上受到了肉翼大王的影响，幸好他的研究没有大规模传播出去。他一再嘱咐我们马上把泥塑销毁，免得受到其影响。

　　结束了跟黄复生的对话，我脑子有点晕，甚至有点乏力。因为我突然意识到自己在对抗一个文明，这超出了我的能力范畴。

　　人类历史上的不平人，以保障人类文明优先发展为使命，清理了不少非人类的文明。我对这种观念难以苟同。从我个人的角度来说，地球是万物的家园，万物平等，和平竞争，成往坏空，自有其规律。人又何必自封为万物之灵，去剥夺其他生命？所以这些年里，遇到那些非人类的生灵，我尽量不伤害它们。当然对很多强大的生灵来说，我只是蝼蚁，也正是我这种和平共处的态度，让我至今还活得好好的。

　　但这次不一样，肉翼大王是想以人类作为工具，滋养自己的文明，这就相当于另一种形态的食人族——星际食人族。当然，目前看来伤害还不算太大，可已经牵涉到身边人，我该怎么选择？

　　我把我的困惑讲给张洞，张洞的意思是，黄复生的说法也不一定就是定论，别想得太多。我们的初心是解决铁老爷子的问题，就沿着解决事情的思路走，别节外生枝。

他说："就像洗手，你要是老想着洗手液会杀死受伤的细菌，那你的日子就没法过了。"

他的说法有道理，但我的困惑不是道理能解决的，得我自己想通。

可是我还没来得及想，第二天一早我就接到警察电话，让我去公安局一趟，也不说什么事儿。我去了才知道，鱼不归死了。

经法医检验，说是不明原因引发的器官衰竭。因为她在当天跟我见过面，所以找我调查。例行调查完后，公安局的朋友知道我的职业，就问我怎么看，我当然不可能说怪力乱神的事，就说相信科学，相信医生。

临走时，他们忽然问我认不认识郭东源，我说见过两面。他们说郭东源失踪了，如果我发现了要及时上报。

张洞和八斗在车上等我，我跟他们说起鱼不归和郭东源的事。八斗叹息说如果我们不调查，鱼不归也不会出事。

张洞说不见得，他越来越觉得这件事像个链条，鱼不归只是链条上重要的一环，或迟或早得殒命。只是没想到郭东源这个人竟然也在链条上。

鱼不归死了，郭东源消失了，黄二找不到，想来想去，我们去找了那个叫李明的业务员。

李明年纪不大，也就二十四五岁，穿着一身蓝西装，典型业务员装扮。他说警察去公司调查过了，能说的都说了，他知道的极其有限。不过禁不住张洞几句诈唬，李明还是说了一些我们不知道的东西。

郭东猭是鱼不归的心腹，一年多前从南方空降到公司当了市场总监，千家乐超市这单生意，其实是李明先联系的，最早说的是送一批水晶摆件，差不多要签合同时，郭东猭接手了。他给李明说这单要挂在自己名下，但提成私下给李明，李明拉业务就为提成，也就同意了。

可不知怎么回事，几天后签合同，水晶摆件却换成了泥塑，而且价格低得惊人。李明有点不高兴，可郭东猭说提成还是按照李明原来谈好的给他。李明虽然觉得奇怪，但也就同意了，还带鱼不归去雍州定了泥塑。

李明说："按照成本算下来，公司这笔生意是亏的。"

17　异界生物保管室

张洞再一次动用关系，找到了"千家乐"老板的弟弟，他又找来负责具体事务的人，是一个小胖子，叫孟亮。

孟亮说起这事儿，也觉得奇怪，他说其实超市送什么礼品，只要是在成本范围内都行。本来开始谈水晶摆件，成本四五十块钱，都快签合同了，对方的领导，也就是郭东猭主动提出要升级产品，用泥塑换水晶。

孟亮看了泥塑样品后，觉得出厂成本不可能低于五十块，但还是把价格压到三十块，没想到郭东猭竟然同意了，还解释说是为了提高市场占有率。

孟亮说："他愿意赔钱补贴，我是无所谓了，虽然造型有点奇怪，但泥塑不都长那样吗，龇牙咧嘴的，所以很快就把合同签了。"

事情一复盘，处处都是疑点。

我问孟亮泥塑还剩下多少。孟亮让下面统计了一下，说因为还没过节，办会员的人不算太多，发出去有一千多个，其他大都还在库房里。他还补充说，没听到有什么不好的反馈。

我问他能不能暂停发放，孟亮说这得老板说了算。老板的弟弟就在旁边，看我们这么紧张，就问我们究竟出了什么事。

我没办法跟他解释，只能把这个任务交给张洞。

张洞说："我们检测到这批泥塑的材料里有严重的辐射，会对人体造成不可逆的伤害，但具体会伤害到什么程度，目前还不好说。"

老板的弟弟虽然跟张洞来往不多，但也听说张洞出身名医世家，张家老太太更是高官贵胄的座上宾，这个面子还是得给。再说一万件泥塑，成本也就三十来万，不算太大的事儿。

他当场就给他哥打电话说了这事儿。老板开始不相信，但听弟弟说了张洞的身份后，态度一百八十度转变。

原来老板也是重度腰椎病患者，早就想请张铁锤帮他看病，可是老太太退隐了，现在听说是老太太的孙子找上门来，老板激动得不行，提出能不能请老太太帮他治疗。

张洞笑着说："行啊，等事情解决了，我就请我奶奶出手。"

事情圆满解决，老板发话，各超市马上停止办会员卡发放泥塑，换成了另一件零食大礼包。剩余泥塑都运回仓库封存。

从千家乐出来后，张洞说："马哥，要是没我，你这事儿怎么办？"

我说："没你的话，我和八斗只能当贼偷出来了。"

八斗叹息说："这事儿我们俩可没少干。"

张洞哈哈大笑，说："一万个泥塑，你们怎么偷？只能放火烧了。"

我说："我现在最担心的是发出去那一千多件该怎么办。"

张洞说："这个回头再说，我们现在先得找到郭东源，只有他知道是怎么回事。"

"这怎么找，他在不在西安都不一定了。"

"肯定还在，现在天网恢恢的，去哪儿都会留下痕迹，反而待在窝里最安全。"

我本想打电话问李明知不知道郭东源住在哪儿，再一想警察肯定都查过了，他肯定不敢回家。

张洞问我："如果你是郭东源，现在会干什么？"

我想了想说："郭东源找超市，就是看中超市的人流量大，可以用最快的速度把肉翼大王散播出去。那么，他这么做的目的是什么？只有搞清楚动机，才能推测出他的行为。"

最终我们决定，还是要从肉翼大王的雕像入手。

我们回到办公室，拿着那尊泥塑进入一间密室。其实密室不密，门上贴了个牌子叫"杂物间"。但里面是精心布置过的，从墙壁到地板，甚至门缝，全都用了特制的涂料。

我可以这么说，进入这个房间的生物，无论属于哪一界，想出去除非把楼拆了。

我对这种写字楼最不满的地方，就是楼板太薄，不过到目前为止，还没有遇到想拆楼的东西。不过我已经打算等租金到期，要搬到一个相对独立的地方去。这是后话。

为了防止意外，我们做了一些必要的防护，把泥塑放在一个敞口的防弹玻璃箱内。我还正想着怎么破开，没想到张洞挥起手里的小铁棍，一棍就把泥塑砸开了。

"太暴力了！"八斗大叫一声，赶紧把玻璃箱的盖子盖上。

我不知道张洞是怎么砸的，坚硬的泥塑竟然被他一棍子砸成了一堆小碎粒，就像砸碎的钢化玻璃。随着泥塑的破裂，一种青绿色的凝胶迸溅出来，涂满了玻璃箱壁。我们只能透过一些缝隙往里面瞅。

不瞅不知道，一瞅吓一跳。

那堆泥塑碎片上，有一个怪异的东西在缓缓蠕动。乍一看是乒乓球大小的鲜红色小球，但仔细看就能发现球里面不时有白色细线钻出来，又有一种黑色的细线再把它拽回去，白线有多少，黑线就有多少，感觉像是球里面有两种东西在角力。

但随着青绿色凝胶缓缓散开，小红球竟然以肉眼可见的速度萎缩。同时，里面一个黑白纠缠的小线团，不停地扭动着，接着像点燃炮仗的火捻子，在一声嘶响后，凭空消失了。

只剩下一小片浅红色的薄膜，皱巴巴地躺在玻璃箱里。

18　传说中的打碑人

小巩费了半天劲，也没化验出那片薄膜是什么东西，反而上面的红色越来越浅，最后竟然变得透明，彻底成了保鲜膜。而那种青绿色的凝胶状物质，留在玻璃箱底部，散发着一种腌白菜的呛味儿，化验其成分主要是蛋白质和一些微量元素，没有很特别的东西。

张洞提出一个看法，他认为红色小球里有两个生命，而不是之前认为的一个，白线可能是里面的原生的生命，而黑色是外来生命，阻止白线继续发育。

但八斗觉得，这种生物天生就是双黄蛋内战，就像养蛊一样，只有杀死对方，自己才能孵化出来。

这完全都是根据眼睛看到的瞎猜，没有任何根据。只是目前调查走进了死胡同，大家畅所欲言，相互启发而已。

我们都在想，如果泥塑里的生命孵化出来，会是什么样子，难道是一个个肉翼大王，像小鸡啄壳一样从泥塑钻出来，撞破玻璃或者墙壁，冲天离去？或者说像凶恶的野兽，咬破人的喉管，杀人吸血？

如果是这样，那之前发出的多个泥塑必须找回来，和仓库里存放的那些一起销毁。

想来想去，为防患于未然，我们还是决定先销毁泥塑，再去雍州看铁老爷子。张洞刚想给千家乐老板的弟弟打电话，却接到另一个电话。

张洞接通电话后，对我说："郭东猿。"

郭东猿打来电话还是颇出人意料，更出人意料的是他说他想见我们。张洞问我在哪儿见，我说就到办公室来，张洞便把位置发给他。

大约过了一个小时，楼下有人按门禁，透过监视器看，并不是郭东猻，但是穿着跟他差不多的衣服。我让八斗到门口等着，过了一会儿，八斗带着一个人进来了。

来人五十多岁，面色黝黑，头发灰白，脸上自带一种狰狞之气。进来后，他倒也不客气，端起桌上的半杯冷茶一饮而尽，一咧嘴，露出满嘴黑黄色的牙。

"认得我不？"他看着我和张洞说。

张洞惊讶地问："你是郭东猻？"

那人又一咧嘴："筷子门后人果然不同凡响，我都变成这样了，还都能认出来。"

张洞看了看我，继续问："你这是怎么了？"

郭东猻说："你猜。"

张洞说："猜个屁，你有话就好好说，没话就去公安局自首。"

郭东猻一屁股坐在沙发上，摸了摸自己的脸说："我又没干什么，干吗去自首？"

"鱼不归是怎么死的？"

"这事儿你怪不到我头上，我早就给她说过，只有让一万石二郎成功育出胎，她才有机会生儿子。这么大的风险，这个疯婆子非要搞……"

我心里一动，脱口就问："你是黄二？"

郭东猻惊诧地看着我："我还以为筷子门后人已经是高人了，想不到高人在这儿啊，不过我本来也没打算隐瞒，今天过来就打算说实情的，你们要有耐心，就听我把这事儿简单说一遍，我还想请你们帮个忙，帮不帮你们听完再决定，也不勉强。"

我点点头："你说吧。"

黄二（郭东源）继续说："我是打碑人，你们应该听过吧？虽然都是石料活儿，但刻碑不是谁都能刻的，古代仓颉仰观奎星环曲走势，俯察龟背纹理、鸟兽爪痕、山川形貌和掌纹创造出了文字，由此传下打碑人的职业，所以刻碑不是在石头上刻个字这么简单。"

张洞说："这是文化常识，就别拉扯那么远了。"

黄二咧嘴笑了笑又说："打碑人对石头的敏感度远胜于普通石匠，发现石卵的概率也是常人的十倍百倍。我们家祖上每个人都发现过数枚石卵，开始并不知道是什么，直到有一代先祖在山里发现了肉翼大王的雕像，我们的命运就发生了改变。"

黄二说话非常啰唆，简单来说，就是从此以后黄家历代就成了肉翼大王的信徒，不仅自己信，还要去招募信徒，用鲜血供养雕像，回报就是信徒生殖力旺盛，子孙满堂。

至于这里面的原理，黄二也不理解，他也不需要理解。按照他的说法，肉翼大王的雕像，相当于一个信号发射器，信徒能接收到它传达的信息，前提是需要用鲜血供养。

虽然明朝以后，各种宗教来拉人头，但对石二郎的信仰并未造成冲击。而按照原本的计划，从黄二的曾祖辈算起，再经过上百年的发展，信徒达到一定数量以后，就可以实施孵化。

可是，新中国成立后，国家对反动会道门的打击，严重伤及石二郎信仰的根本。黄二的祖父担心日久生变，就违背了肉翼大王的程序，提前发动信徒，启动孵化。结果全失败了。

大部分石卵废弃，大批信徒也损失殆尽。

19 吸食智慧的生物

张洞忽然开口问："如果成功了，会是什么样子？"

黄二说："这个问题，我不能回答你。"

"人类会灭亡吗？"

"灭亡是时间问题。"

"屁话，宇宙死亡也是时间问题。"

黄二说，碰到鱼不归纯属偶然。鱼不归不知道在哪儿听说了石二郎，专门跑到桂西山区，逢人就打听。但年轻人都不知道，老年人知道的也不愿意说，有人就把她带到黄二这儿来了。

黄二从小跟着父亲供奉石二郎，每次都要翻山越岭，再钻进深不见底的溶洞去祭拜。有时候会有几个其他人，有时就他们父子二人。

直到前些年父亲去世，黄二决定不去了。他甚至和肉翼大王在意识上有过交流，甚至产生了冲突，他一怒之下将一尊雕像摔在碎石堆上。雕像虽然没有碎裂，但再也没有跟他交流过。

接下来几年，他安心做打碑人，彻底把石二郎抛在脑后。是鱼不归的出现，让他意识里已经熄灭的火焰重新燃烧起来。鱼不归要求子，黄二心想干脆把肉翼大王卖给她算了。他跟鱼不归聊了好一会儿，没想到被她当成了骗子。

可是没过几天，鱼不归却自己找上门来，看了肉翼大王的雕像后，愿意出高价请走。一个想卖，一个想买，肉翼大王就这么到了鱼不归手里。

鱼不归把雕像带回广东，想不到大半年过去，没起一点儿作用。鱼不归急了，就再次找到黄二。黄二告诉她，你用普通祭拜送子观音的方式拜它可不行，你得是它的信徒，用鲜血供养它才起作用。

鱼不归回去试了，血没少放，但还是没用。

黄二犯嘀咕了，难道自己把雕像摔坏了？于是他尝试用自己的鲜血跟雕像沟通，没想到马上就有了回应。看来肉翼大王对信徒也是有选择的。

"你们怎么交流的？语言？"张洞插话问。

"画面。"黄二说，"信息全部是各种画面，感觉就像……那种立体画片。我传递东西就比较简单了，只需想自己要说的就行。"

"你觉得会不会只是自己的臆想？"张洞又追问。

黄二摇摇头："我小时候其实也这么怀疑过，但它会让我去验证，验证多了，就知道是真的。比如这一次，他让我前往乐业的天坑寻找卵。我就去了，在天坑下面原始森林的洞穴里，果然找到了卵。"

"石卵？"

"不是石卵，就是卵，而且非常新鲜，像青蛙卵一样结成一团一团。然后它开始给鱼不归传递信息，大致意思是，双方做一个交易，鱼不归把这些卵孵化出来，她生一群孩子的梦想就可以满足。"

"让鱼不归孵卵？"

"不是让她亲自孵卵，而是找到合适的容器寄胎。因为这些卵非常脆弱，必须寄在形如肉翼大王的容器内，才能接收到能量孵化。"

"所以你们就找了雍州泥塑？"

"开始也找了其他家，但是都不行。我劝过鱼不归，她想要孩子可以去领养，或者想其他办法。通过这种方式来做，万一失败了，就是我爷爷的下场。我其实都有点后悔把她卷进这件事。可是这个疯婆子入魔了，不听我的劝告，找遍了全国所有的工艺美术师，最终找到铁家。"

"后来的事我们可以猜到，我不明白的是，泥塑为什么要通过超市送出去？"

"智慧生物的气息。"黄二说，"孵化卵需要大量智慧生物的气息，在超市办理会员卡的人，家里人口都比较多。"

张洞问："会对人造成伤害吗？"

黄二反问："你说呢？它们在成长中汲取人的智慧，人自然就越来越傻，丧失理性、发疯发痴都有可能。"

我这才恍然大悟，难怪黄复生说智慧生物是石卵孵化的必需条件，原来智慧才是它们的营养。

我问黄二："你认识黄复生吗？"

"我认识他，但他不认识我。鱼不归给我看过黄复生的研究资料，像他这种纯粹靠二手资料，就能研究到那个水准，我也很服气。"

"黄复生说溶洞里有肉翼大王的真身。"

黄二想了想说："有，但我没看见过，凡是接触到它们的人，智慧会在一瞬间被抽空，从此就变成疯狗。我亲眼看见过有人改变后的模样，这也是后来我不去祭拜的重要原因。"

"那你为什么这次又做了呢？"

"你们知道什么叫信徒吗？信徒就像吸毒鬼一样，一旦沾上了，很难戒断，就算戒了，再给个机会，马上就会复吸。而且我还给自己找了理由，骗自己是在帮助鱼不归……现在想来，真是后悔。"

我说："你来找我们，不是为了忏悔吧？"

黄二尴尬地笑了笑说："给我一支烟吧。"

张洞递给他一支烟，顺便点上。

黄二吸了两口，才低声说："你们知道鱼不归为什么死吗？因为孵化任务失败了。"

我心里一惊："是因为我们吗？"

"不是。"黄二说，"在你们上门之前，事情就发生了。当时肉翼大王暴跳如雷，但还在做最后的挣扎。"

我和张洞面面相觑，看来我们俩都没听明白。

"你们应该打开泥塑看过了吧？"

"嗯，今天才打开。"

"里面有什么？"

"你不知道吗？"

黄二摇摇头："我不知道。"

20　旧神的守护

我把泥塑打开后看到的情形给黄二讲了一遍。黄二听了，竟然忍不住哈哈大笑。

他说："果然跟我猜的差不多，肉翼大王遇到了对手。"

"别卖关子了，快点说清楚。"张洞心急如焚。

黄二说："你们看到的小红球，就是卵，白线是灵体，如果健康发育的话，白线应该在三天内结胎，一个月后，一头越来越大，一头长出尾巴，就像蝌蚪。再过半年，就有翅膀长出来，后面怎么发育的我也不知道，我父亲和祖父也都不知道。上一次就是在长翅膀的阶段，因为智慧气息供应不足，夭折了。作为祭司的祖父，瞬间灰飞烟灭。"

"那里面的黑线是什么？"

"黑线是保护者。"

"保护谁？"

"泥塑。"黄二说。

我忽然明白了黄二说的是什么，但还是不敢确定，于是继续追问："你是说旧神？"

"没错！真想不到你也知道旧神。"

张洞说："我业务能力不扎实，还没学到这一课，麻烦两位学长。"

按照传统的说法，旧神生于自然，属于地球早期的本土神明，受到远古人类的崇拜，随着人类的发展，又渐渐将其人格化，比如伏羲、女娲、共工、祝融等神话中的神灵。

可是，随着人类社会的发展，与人们生活息息相关的宗教形成了，远古的神灵便渐渐隐没，只有在那些传承久远的行业里受到尊崇。比如泥塑行业的守护神女娲，不管行业怎么发展，这是不会变的。

黄二说，选中铁家泥塑有几个原因。其一是传承久远，雍州泥塑的来历颇为神秘，其形象暗合了某种自然规律。其二是铁家工艺水准太高，尤其是经铁老爷子的手做出来的东西，几乎完美无瑕。

　　没想到的是，肉翼大王的行为，冒犯了泥塑的守护神。

　　按道理说卵进入泥塑肉翼大王体内，只需要三天时间就发育成胚胎，可是因为黑线的干扰，灵体迟迟无法结胎，七天过去还不能结胎的话，营养液干枯，这批卵就死了。

　　黄二说："今天是第六天。"

　　我问："那铁老爷子呢？"

　　黄二说："他的确被寄灵了，但这次寄灵，是祖师爷在保护他，让他不受到肉翼大王的影响。"

　　张洞长吁了一口气，说："哦！难怪我奶奶一点儿也不担心铁老爷子。"

　　黄二说："幸好在你们来到之前事情已经不可控了。倘若孵化真是你们破坏的，那石二郎的信徒们肯定是不会放过你们的。"

　　"信徒不就是你嘛。"

　　黄二笑笑没说话，他从随身的挎包里掏出一个布袋递给我。

　　我打开一看，里面装的竟然是一尊红彤彤的肉翼大王雕像，看起来比泥塑版的诡异多了。

　　"这是什么意思。"

　　"这就是我想请你们帮的忙。只要它还在我手里，我就一辈子都无法摆脱。就算给了别人，它迟早会找回来，而且还会害了别人。不如给你们吧，我知道你们有能力处理它。"

我思忖片刻，把雕像收起来说："谢谢信任。"

黄二又说："只要把它和外界联系切断，它就不会召唤信徒上门，另外，铁老爷子估计也很快就能恢复正常。"

张洞问黄二打算去哪儿。

黄二说："打碑人哪里去不得？只要世上还有人在死，就有打碑人的一口饭吃。再说我也没那么惨，我还得供儿子上国际学校呢。"

我说："我最后确认一遍，那些泥塑真的没危险了？"

"你也看了，里面只是灵体，死了连飞灰都没有。"

直到这会儿，我心里的那块大石头才算落地。

我对黄二伸出手："谢谢你！"

黄二说："不用谢我，要谢就谢女娲吧。"

张洞笑着说："谢女娲造人吗？"

送走黄二，我把雕像封死后，放在仓库最深处的液氢池里。张洞顺便参观了一下我的仓库，说："物业要知道你仓库里放了这些东西，估计明天就要赶你走。"

我说："我刚好想在外面租个独立的地方。"

张洞说："你说这话是看我人脉广，想让我帮你找地儿吧？"

我说："这个回头再说，我先给铁芯打个电话。"

电话里铁芯告诉我，他打算明天找人打开地下室的锁，不管发生什么，总不能眼睁睁看着老爷子在里面受折磨。

我说你先别急，明天先去黑水谷玉女洞前拜一拜。

他问我："有用吗？"

我记得铁老爷子说过一句话，祭拜祖师是向土地表达敬意，识其恩而知其德，何必开口就说"用"呢？

　　但我对铁芯说的是："信则灵嘛。"

捧 读 文 化
触及身心的阅读

致未来立学
To the Future Literature

出 品 人　张进步　程 碧

责任编辑　徐楚韵

特约编辑　孟令堃

封面插画　李　爻

封面设计　BookDesign Studio
　　　　　莫意闲书装 QQ:237302112

内文排版　张晓冉